바람이 불고
비가 내리고
어둠이 스미고
겨울이 오는 것과
비슷한 마음으로

———

2025년 1월
이 종 욱

KB193763

초인의 세계

wefic

초인의 세계

이장욱

위즈덤하우스

차례

명희는 지금 막 마트에 들어선 남자를
물끄러미 바라보았다. 명희가 보기에 남자는
대략 노인에 가까웠지만 노인이라고 해도
가령 지하철 같은 데서 자리를 양보하면 내가
노인으로 보이느냐 자리나 양보받고 그럴
사람으로 보이느냐 하고 벌컥 화를 낼 것 같은
인상이었다. 아니 안 앉으면 그만이지 왜 화를
내세요? 하고 항의하거나 인상을 찌푸리면
분명 더 큰 사달이 날 테니 승객들은 입을
다물 것이고 화를 낸 남자는 여전히 불쾌한

표정으로 손잡이를 잡고 엉거주춤 서 있다가
결국 다른 칸으로 옮겨 가버릴 거라고,
　　　그럴 거라고 명희는 상상했다. 말하자면
그런 분위기의 남자였다. 남자는 키가 크고
몸이 크고 어깨가 귀밑까지 올라가 있고
굵은 목덜미에 두드러기가 붉게 올라와
있었는데 그런 외모가 명희의 관심을 끈 것은
아니었다. 남자를 물끄러미 바라본 것은 그의
품속에서 무언가를 발견했기 때문이었는데
그의 품속에서 은빛으로 반짝이는 것, 아,
은빛? 정말 은빛이네. 저거 저거, 저 반짝이는
은빛, 저건 바로…… 명희는 계산대에 서서
눈을 게슴츠레하게 뜨고 그것을 주시했는데
거의 노려본다고 해도 좋을 만한 시선이었다.
확실히 차가운 느낌에 금속성이다…… 끝이
뾰족하고…… 그러므로 사람을 해칠 수
있는…… 결론적으로 저것은…… 칼인가.

칼이구나.

칼이라니.

남자의 품속에 있는 것은 칼로 보였다.
아니 그런데 품속에 있는 게 보이느냐고?
명희에게는 보인다. 빛나는 것까지 보인다.
누가 뭘 숨기든 몸속에 넣은 물건이라면
훤히 볼 수 있는 능력이 명희에게는 있다.
숨긴 것을 꿰뚫어보는 능력이라고 해도 좋고
가린 것을 투시하는 능력이라고 해도 좋지만
괜히 생긴 능력은 아니다. 명희가 오랫동안
이런저런 마트와 다양한 종류의 업장에서
캐셔로 일하며 터득한 능력이었으므로 한
번도 어긋난 적이 없었는데,

정말 단 한 번도.

남자는 오른손을 자신의 왼쪽 품에 넣고
있었고 그건 확실히 품속에 무언가를 쥐고
있는 자세였다. 단추를 두어 개 풀어놓은

야전 상의 안으로 은빛으로 빛나는 칼을 쥐고
있는 게 보였다. 은빛으로 빛나는 칼이라고
해서 커다란 식칼이라든가 회칼을 연상하면
곤란한데 왜냐하면 그것은 작고 앙증맞은
과도였고 명희가 보기에 마트의 C라인
생활용품 코너로 들어가면 위에서 세 번째
칸에 매달려 있는 것 중 하나인 것 같았다.
눈을 가늘게 뜨자 남자가 숨기고 있는 과도의
모양이 더 선명하게 보였는데 확실히 저것은
우리 마트에서 파는 물건이 틀림없다. 명희는
결론을 내렸다. 불그죽죽한 얼굴과 날카로운
눈매와 매우 화가 나 있는 남자의 표정을
종합할 때 그의 품에서 반짝이는 과도는
확실히 불길하게 느껴졌다. 아무리 작고
앙증맞은 크기라고 해도 칼은 칼이었으므로
불길하기는 매일반이었는데 대체,

　　과도란 무엇인가? 과도란 과일을 깎는

칼을 이르는 말로 부엌의 도마 위에 놓여 있거나 마트의 매대에 걸려 있으면 전혀 위협적이지 않은 것. 하지만 길거리라든가 버스 안에서 누가 손에 쥐고 있으면 위험하고 불길한 것. 불길할 뿐만 아니라 위협적이고 치명적인 것. 치명적으로 사람을 훼손할 수 있으니 그걸 들고 있는 사람을 피하게 만드는 것. 그런 것이 과도라는 물건인데 저 남자는 대체 왜 저런 물건을 들고 우리 마트에……

　거기까지 생각하다가 명희는 생각을 멈추었다. 갑자기 죄책감이 들어서였다. 아아, 저 남자도 사람인데…… 멀쩡히 살아 있고 생활을 하는 사람인데…… 우리 마트에도 가끔씩 들르는 동네 주민인 것 같은데…… 아무리 늙은 남자들이 추하고 혐오스러워도 그렇지 이렇게 막 넘겨짚어 의심하는 것은 좀 아니지 않나 하고 명희는 생각했다. 아마도

저것은 우리 마트에서 산 과도가 틀림없을
것이다. 반품을 하러 왔을지도 모르고
교환을 하러 왔을지도 모른다. 그런데 나는
왜 쓸데없이 의심을 하고 있나. 아니 그런데
반품이든 교환이든 그런 걸 하려고 왔으면
계산대로 와야지 왜 마트 안쪽으로 들어가나.
안쪽으로 들어가서 뭘 어떻게 하려고 그러나.
생각이 꼬리를 물고 이어지자 명희는 고개를
흔들었다.

명희는 서울 강북에서도 외곽에 해당하는
이 동네에 하나뿐인 중형 마트의 캐셔였고
이제 막 마흔아홉 살이 되었으며 암에
걸려 있었다. 암에 걸렸는데도 출근을 해서
포스기를 두드리고 있는 자신이 이상하게
느껴지지는 않았다. 이상하게 느껴지기는커녕
포스기를 두드리며 "포인트 번호 있으세요?"

"영수증 필요하세요?" "안녕히 가세요"를
반복하는 일이 전에 없이 편안하게 느껴졌다.
그래, 나는 이렇게 생활을 하고 있다……
지금까지 해오던 대로 생활이라는 것을
하고 있다…… 병에 걸렸다고는 하지만 그건
지금 당장은 아무것도 의미하지 않는다……
통증도 없고 불편도 없다. 나는 전처럼 생활을
하고 있고 돈을 벌고 있고…… 그렇다는
것이 중요하다. 그것만이 중요하다. 그런
생각을 명희는 하고 있었다. 안간힘을
다해 하고 있었다. 계산대 아래 놓인 소형
텔레비전에서는 검사 출신 대통령이 벌인
비상계엄 사태에 대해 패널들이 토론을
벌이고 있었지만 명희의 귀에는 들리지
않았다.

　그저께 오후 3시에 명희는 대형병원에
가서 MRI 검사 결과를 들었는데 예상대로

유방암이라고 했다. 이미 림프절 쪽으로
전이가 된 상태라고 해서 2기인가요
3기인가요 하고 물었더니 3기로 보이고 허투
양성이라서 표적 치료 들어가야 하는데 허투
양성이란 게 뭐냐면……이라고 젊은 의사는
친절한 어조로 말을 이었다. 허투니 표적
치료니 하는 말은 명희에게 잘 들리지 않았다.
들리기는 했으나 해독이 잘 되지 않았다. 지금
이 사람이 무슨 말을 하고 있는 건가……

　　하는 멍한 생각이 머릿속을 지나갈
뿐이었다. 십수 년 전에 명희는 암에 걸린
엄마의 배에 미슬토 주사를 놓아준 적이
있는데 오늘은 그 기억이 정말 엊그제처럼
떠올랐다. 미슬토는 겨우살이라는 뜻인데
겨우살이 식물에서 추출한 물질을 몸에
주사해서 NK세포라는 것을 활성화시키면
면역력이 증진되어 전이 위험을 줄이고

증상을 완화시킬 수 있으므로 독일 같은
데서는 대중적으로 많이들 쓴다고 해서
시작했는데…… 정작 주치의는 대체요법이란
건 증명된 게 없다며 권하지 않았다. 하지만
명희는 그런 것을 믿고 싶었고 믿어야 했고
믿을 수밖에 없었기 때문에 엄마의 배에 직접
주삿바늘을 꽂아 미슬토 수액을 주입했다.
매일 주입했다. 그러던 어느 날 명희는
놀라운 광경을 보았는데 엄마의 뱃속에서
미슬토 수액이 세포와 혈관 사이로 스며들어
온몸으로 퍼져나가는 모습이었다. 기하학적
문양이 엄마의 배에 아로새겨졌고 그 모양이
아름답게 보였으니 투시력이란 이런 것인가
인간의 몸이란 이렇게 신비로운 것인가 하는
생각이 절로 들었다. 명희는 그 문양을 매일
물끄러미 바라보았지만,

　　엄마는 얼마 안 가 세상을 떠났다.

장례식장에서 명희는 그나마 미슬토
수액 덕분에 고통을 줄일 수 있었노라고
조문객들에게 말했지만 정말 그랬는지는
명희와 죽은 명희 엄마를 비롯해서 아무도 알
수 없었다. 시간이 흘러 명희는 이제 미슬토
주사를 자신의 배에 놓을 때가 되었다는
것을 알았다. 그러면 NK세포가 활성화되어
암세포를 죽여줄 것이다. 명희는 미슬토
수액이 복부로 스며들어 온몸으로 퍼져가는
기하학적 문양을 다시 떠올렸다. 자꾸
떠올렸다. 그렇게 떠올려도 잠은 새벽까지
오지 않았는데 월세와 식비와 각종 공과금과
전기통신비와 경조사비와 혜수의 용돈과
학원비 등속을 포함해 계산을 맞춰보았을 때
어떻게 되든 지금은 마트 일을 쉴 수 없다는
결론에 이르렀다. 암 보험이라고 해야 겨우
천만 원짜리 하나뿐이니 그걸로는 초기

치료비나 간신히 댈 수 있을 것이다. 그렇다는 것은 일을 계속하지 않으면 생활비를 감당할 수 없다는 뜻이고 그렇다는 것은 사장을 포함해 아무에게도 병에 걸렸다는 사실을 발설하지 말아야 한다는 뜻이고……

명희는 잠이 들어서도 혼몽 속을 헤매다가 정확하게 6시 25분에 깨었는데 늘 그렇듯이 6시 30분에 맞춰놓은 알람이 울리기 딱 5분 전이었다. 명희는 매일 알람이 울리기 딱 5분 전에 깨어났는데 어떻게 이런 게 가능하지 그것참 신기하네 하고 생각하지는 않았다. 익숙하다는 것 반복된다는 것 몸에 밴 것은 늘 이렇게 사람을 지배하지. 명희는 그렇다는 것을 잘 알고 있었다.

혜수가 아직 잠들어 있는 것을 확인하고 명희는 출근을 했다. 혜수는 명희의 딸이지만 재수생이었고 까탈스러웠고 말이 없었다.

혜수는 미슬토 같은 대체요법 주사제를
명희의 배에 놓아줄 것 같지 않았다. 혜수는
가끔 혼자 뭐라 뭐라 궁시렁거리기나
좋아해서 대화가 되지 않았는데, 연애는
모르지만 결혼은 하지 않을 것이고 설령
한다고 해도 애는 절대 낳지 않을 것이며
모성 같은 건 다 만들어진 구라라는 것이었다.
그렇다는 것은 엄마처럼 살지 않겠다는
뜻이라고 노골적으로 선언하기까지 했다.
아니 만들어진 구라라니 구라란 허구라는
뜻인가 뻥이라는 뜻인가 거짓말이라는
뜻인가. 내가 너를 어떻게 키웠는데 엄마의
사랑이 구라라는 것인가…… 명희는 빽!
하고 소리를 지르려다 문득 입을 다물었다.
생각해보면 혜수가 명희처럼 살지 않겠다는
거야 누구보다도 명희 자신이 바라는 바이고
지금 자신이 옛날로 돌아가도 혜수와 비슷한

생각을 할 게 틀림없다는 직감이 든 탓이었다.
연애는 모르지만 결혼은 하지 않을 것이고
설령 한다고 해도 애는 절대 낳지 않을
것이며……라고 생각할 게 틀림없지만 정말
그렇게 되면 젊을 때야 괜찮아도 나이 들면
후회할 텐데…… 명희는 힘없이 중얼거렸지만
결혼을 하고 아이를 낳고 열심히 키워도 나이
들면 후회하는 건 매일반이니 하나 마나
한 말이었다. 어쨌든 그년이 대학생은 돼야
내가 편히 죽지. 명희는 그런 생각을 하면서
마트 계산대에 서서 "포인트 번호 있으세요?"
"영수증 필요하세요?" "안녕히 가세요"를
반복했는데 그러는 와중에,

　　마트에 들어온 남자를 발견한 것이었다.
은빛 칼을 품에 숨긴 남자를 발견한 것이었다.
명희는 불현듯 저 남자가 과도로 자신을
죽여주었으면 좋겠다는 생각이 들었는데

그러면 합의금이나 배상금을 받을 수 있지
않을까 저 남자가 가난뱅이라 돈이 없다고
하면 나라에서라도 대신 내주지 않을까 하고
생각하다가 아니 대체 왜 나라에서 그런 돈을
대신 내주나 그럴 리가 없지 계엄 같은 이상한
짓이나 벌이는데…… 하고 또 생각하다가 나는
왜 어째서 무엇 때문에 이런 바보 같은 생각에
사로잡혀 있는 건가 싶어 자괴감이 들었다.

명희는 고개를 절레절레 흔들다가 조금은
앙칼진 마음이 되어버렸다. 마트에 과도를
들고 들어온 남자가 무엇을 하든 상관없다
명희에게 다가와 다른 칼로 교환해달라고
하든 환불을 요구하든 상관없다 계산대
안으로 난입해 목덜미에 차가운 칼을
들이대고 돈을 내놓으라고 협박을 해도
상관없다고 생각하게 되었다. 확실히 이런 건
지금 명희의 정신 상태가 평소와는 다르기

때문이었지만 어쨌든 무슨 일이 벌어지든
상관없다. 상관없지. 상관이 없고 말고. 하지만
만일 그런 일이 정말로 벌어진다면 남자의
손목을 당수로 쳐서 과도를 떨어뜨리고
박치기로 남자의 눈탱이를 가격하고 동시에
무릎으로 불알을 깨버림으로써…… 이게
가능하냐고? 가능하다. 명희는 젊은 시절에
호신술을 배운 적이 있고 그걸 실제 현실에서
써본 적은 한 번도 없지만 가끔 머릿속으로
상상을 하기는 했다. 누군가를 엎어치거나
메치거나 급소를 가격하는 상상을……
상상을……

　　멈추고 "다음 손님!"이라고 명희는
외쳤다. 짐짓 활기차게 외쳤다. 오후의
마트는 한산하고 굳이 그렇게 외치지 않아도
좋았지만 그래도 힘껏 목청을 높였는데
왜냐하면 다음 손님이 마트 앞 105동에

사는 중년 여성 둘이었기 때문이다. 그들은
언제나 그랬듯 서로 대화를 나누는 데 정신이
팔려 명희에게 다가와서도 바구니의 물건을
계산대에 올려놓지 않았으므로 명희는 일부러
큰 목소리로 "다음 손님!" 하고 소리를 지른
것이었다.

이 손님들이 등장하면 명희는 조건반사인
듯 긴장을 했다. 암에 걸려 있는데도 겨우
이런 것 때문에 긴장하는 자신이 우스웠지만
원래 조건반사란 그런 것이 아닌가. 습관이란
그런 것이 아닌가. 삶이란 그런 것이 아닌가.
몸에 들러붙어 떨어지지 않는 것. 거머리
같은 것. 집요한 것. 사형수가 사형대를 향해
걸어가다가 바닥에 고인 물을 저도 모르게
피해 가는 습관 같은 것. 명희는 그런 것을 잘
알고 있었다.

지금 명희 앞으로 다가온 두 여자

중 한 여자는 동네의 권력자로 마트 앞
해피홈아파트의 부녀회장이었다. 다른
한 여자는 지역 집값을 쥐락펴락하는
공인중개사이자 통장으로 역시 힘 있는
사람이었다. 두 여자는 마트에 자주 들렀고
자주 명희를 힘들게 했으며 심지어 마트
사장에게 명희를 자르라고 압력을 넣기까지
했다. 명희는 그들을 미워하지 않기 위해
애썼는데 그건 그들을 위해서가 아니라
명희 자신을 위해서였다. 사람을 미워하는
일은 상상 이상으로 심리적 스트레스를
유발하는데 증오나 혐오는 그 자체로 일종의
스트레스이며 당연하게도 스트레스는 건강에
좋지 않다. 증오나 혐오는 일종의 발암
물질 아니 발암 감정에 해당하는데 발암
감정이라니, 너무 정확하잖아. 명희는 자신이
발명한 단어가 마음에 들었지만 그런 단어

같은 것은 1분 후면 머릿속에서 휘발되어
흔적도 남지 않으리라는 것을 또 알았다. 두
여자는 여전히 대화를 나누는 데 정신이 팔려
있었는데,

　　부녀회장은 요즘 편두통이 생겨서
소염진통제를 복용하고 있었고 오늘은 증상이
다소 심했다. 막내 아이가 다니는 초등학교
앞에서 어제 교통사고가 났다는 소문을 듣고
충격을 받은 탓인지도 몰랐는데, 1년 전에
사망 사고가 난 곳이라 표지판을 바꾸고
울타리를 설치하고 속도위반 카메라까지
달았는데 또 사고가 나다니…… 그때 그걸
처리하느라 부녀회가 얼마나 동분서주를
했는데…… 대체 학교 앞 관리를 어떻게
했길래 또 이런 사고가…… 교장을 바꾸라고
해야 하나 아니 교장을 바꾸는 건 어렵겠고

부장 교사라도 바꾸도록 압력을 가해야지 부녀회 이름으로 민원을 넣을 수도 있겠지만 녹색어머니회나 학부모 운영위원들을 통하는 게 나을 거야.

부녀회장은 마트에 함께 온 공인중개사에게 학교 앞 교통사고 건에 대해 이야기했는데 공인중개사는 통장 일도 겸하고 있으므로 이 건에 대해 알아야 한다 간접적으로라도 업무상 필요할지도 모르니까 알아야 한다 그게 부녀회장의 생각이었다.

"……글쎄, 그냥 사고가 아니었다니까요."

"그냥 사고가 아니었군요."

"맞아요. 그냥 사고가 아니었어요."

부녀회장이 말을 이었지만 공인중개사이자 통장은 식용유 가격표를 보며 물가가 이렇게 많이 올랐나 하고 생각하느라 방금 무슨 말을 들었는지 정확하게 이해하지

못했다. 게다가 그녀는 부녀회장과 대화를
나누는 게 점점 피곤하다고 생각하고
있었는데 말을 할 때마다 조금씩 상대를 긁는
타입이야. 아주 살살 긁는다니까. 앞으로
가급적 이 사람과 동행하는 건 피해야겠다.
그런 생각을 하던 참이었다. 방금만 해도
"학교도 문제지만 주민센터랑 통반장들도
문제가 많다니까요. 민원을 넣어도 도대체
일들을 안 해. 아 물론 우리 중개사님은
예외지만" 하고 덧붙여서 통장의 심기를
건드렸다. 아니 거기 왜 나를 끌고 들어가나
통반장이 대체 왜 그런 일을 하나 통반장이
뭐라고 민원을 받나 당신은 예외라고
말한다고 해서 진짜 예외가 되나.

처음에는 말이 잘 통한다고 생각했는데
그건 부녀회장의 MBTI가 E로 시작하고 J로
끝나기 때문인 것 같았다. 통장 자신도 E로

시작하고 J로 끝났기 때문에 희미한 동류의식 같은 것이 있었지만 만날수록 자신과 기질적으로 영 안 맞는 사람이라는 것을 실감하고 있었다. 사실 그런 생각은 통장뿐 아니라 부녀회장도 하고 있었는데 부녀회장은 통장이 자기 말을 허투루 듣는 것을 감지하자 학부모가 아닌 사람과 친해지는 건 역시 의미가 없다고 생각하던 참이었다. 말하자면 절실함이 없어 절실함이.

"1년 전에 교통사고가 일어났던 바로 그 장소에서 똑! 같! 은! 사고가 일어났다니까요."

부녀회장은 '똑같은'을 스타카토로 끊어서 발음함으로써 자신의 주장을 강조했는데 심지어 작년 교통사고와 비교할 때 같은 날 같은 시간에 가해 차종까지 같았고 사고를 당한 아이의 학년까지 5학년으로 동일했다는 점을 놀란 표정과 함께 덧붙였다. "마치 1년 전의 사고 차량이 유령처럼 스르르 나타나서 그 자리를 지나던 1년 후의 아이를 친 것 같잖아요." 그게 부녀회장의 주장이었다. "무서워. 왜들 이러는 건지 모르겠어요." 부녀회장은 그렇게 덧붙여 말했는데,

그 말을 한 귀로 듣고 한 귀로 흘리던 통장은 발화점이란 단어에는 묘한 매력이 있다고 생각하면서 카놀라유와 해바라기유와 현미유와 올리브유가 끓는 모습을 상상하고 있었다. 하지만 상대가 길가에 뿌려진 피를 묘사하는 바람에 귀를 쫑긋 세우지 않을 수 없었는데, "피가 튀어서 아직도 학교 앞 바닥에 새겨져 있다니까요. 아무리 씻어내도 안 사라진대요. 낮에는 안 보이지만 밤에는 핏자국이 귀신처럼 스르르 나타나서 가로등 불빛 아래 빛난다는 거예요."

이 사람은 왜 이렇게 말을 과장되게

하는 걸까 처음에는 말을 재미있게 한다고
생각했는데 시간이 지나면서는 무슨 말을
들어도 다 뻥으로 느껴지잖아. 통장은 그런
생각을 하며 부녀회장의 말을 들었는데 피
때문인지 귀신 때문인지 조금 불쾌한 감정이
드는 바람에 자신도 모르게 미간을 찌푸렸다.

하지만 부녀회장은 아랑곳하지 않고 다시
한 번 "밤마다 핏자국이 나타나서 가로등
불빛 아래 빛난다는 거예요" 하고 자신의
말을 반복했는데 그렇게 말하는 순간 밤마다
도로에 스르르 나타나는 핏자국을 자신도 본
것 같은 기분에 사로잡혔으며 아아, 소문이
그냥 소문이 아니구나. 아무런 의심의 여지가
없구나. 그렇게 결론을 내리고 몸을 부르르,
떨기까지 했다. 부녀회장의 얘기를 들으며
통장은 생각했는데 이 사람은 사실 뒷담화를
좋아하고 매사에 사건을 조금씩 과장하는

데다 상대를 묘하게 긁는 습관이 몸에 밴
사람이지. 하지만 동네의 별별 소문을 다
알고 있는 인물이니 아예 만나지 않을 수는
없고…… 나는 통장이자 공인중개사니까……
공인중개사에게 정보는 곧 능력이자
수완이니까……

　　통장이 그런 생각을 하는 동안
부녀회장은 엉뚱한 상상을 하고 있었다.
밤마다 핏자국이 나타나서 가로등 불빛 아래
빛난다는 소문을 죽은 아이나 그 가족이
들으면 어떤 기분일까. 가령 마트에서 모르는
사람이 지나가면서 이런 얘기를 하는 걸
들으면…… 부녀회장은 희미한 죄책감을
느꼈지만 그것을 '죄책감'으로 인지한 것은
아니었다. 단지 알 수 없는 부정적 감정이
바람처럼 살짝 훑고 지나갔고 그래서 마음의
표면이 물처럼 흔들릴 따름이었는데,

통장은 계산을 치르고 가능한 한 빨리 부녀회장과 헤어지고 싶었다. 그래서 캐셔에게 카드를 내밀며 "3985번 임선옥이요"라고 빠르게 말했고, 캐셔는 "3985번 임순옥 님이요" 하고 반복했다. "참 내 또 그러시네. 임순옥이 아니라 임선옥이라고요. 선거, 할 때 선. 선무당, 할 때 선." 통장은 혀를 차며 큰 목소리로 면박을 주었는데 낯익은 얼굴의 캐셔가 오늘따라 얼굴색이나 표정이 좋지 않아 보였기 때문에 자기가 좀 너무했나 싶은 생각이 들었다. 그래도 할 수 없지 이 사람은 정신머리를 고쳐야 돼 평소에도 늘 뚱한 표정이잖아 캐셔도 일종의 서비스직이니 감정 노동이 필요한데 저렇게 뚱한 표정으로 잔실수를 반복하면 어떡하나.

그런 게 못마땅해서 마트의 육 사장에게

캐셔를 교체하라고 말한 적도 있었는데
아니 이것도 일종의 서비스업인데 서비스가
형편없으면 되겠어요? 통장과 부녀회장은
육 사장에게 그렇게 항의했고 사람 좋다는
평판을 얻고 있는 육 사장은 아, 그래요? 아니
그게 그래도 그렇게 형편이 없을 리가 없는데
이상하네 형편이 없으면 안 되지요 형편이
허허, 하고 실없는 웃음을 흘렸다. 마트를
나오면서 통장은 부녀회장에게 말했다.
사람이 물이야 물. 허허가 뭐야 허허가.

하지만 육 사장은 물이 아니었다.
손님들이 떠난 후 캐셔인 명희에게 듣기
싫은 소리를 해야겠다고 결심했고 실제로
듣기 싫은 소리를 했던 것이다. 이것도
일종의 서비스업인데 서비스가 형편없으면
되겠어요? 하고 육 사장은 언성을 높였는데

언성을 높였다고 생각했지만 목소리의
톤이 약간 높아진 정도였다. 육 사장의
말이 끝나자마자 명희는 형편이요? 형편이
없다고요? 형편이가 누군데 없어요?
정 그러면 제가 그만둘 테니 형편이를
불러오세요 그거 저기 아파트 부녀회장하고
통장이 한 말이죠? 아녜요? 하고 날선 반응을
보였다. 육 사장은 뜨끔한 느낌이 들어서
어어…… 아니 내 말은 그게 아니라…… 하고
허둥거리며 당황했지만 뜨끔하고 당황한
느낌이 들었기 때문에 그 반작용으로 그런데
지금 그게 중요해요? 하고 짐짓 화난 표정을
지어보였고 이왕 짐짓 화난 표정을 지은
김에 평소의 자신답지 않게 언성을 높였다.
중요한 건 좀 친절하시라는 거잖아요! 육
사장은 외쳤다. 육 사장이 언성을 높이는 것은
처음 보았기 때문에 명희는 움찔해서 입을

다물었지만,

그 후로 부녀회장과 통장에 대한 감정은
명희의 마음에 잔모래처럼 가라앉아 있다가
물결이 지나갈 때마다 부스스 일어나곤
했다. 하지만 암에 걸린 마당에 이런 게 다
무슨 소용인가. 시간이란 미친 듯이 흘러갈
뿐인데 미친 듯이 흘러가다가 스르르 멈출
뿐인데 그것으로 끝일 뿐인데. 명희는
자신이 암에 걸리는 상상을 오래전부터
해왔다는 것을 떠올렸다. 엄마도 암에
걸렸고 아빠도 암에 걸렸고 심지어 이모부와
고모부도 암에 걸렸으니 나도 걸리겠지.
물론 이모부와 고모부는 명희와 피를 나눈
사람들이 아니니까 그들이 암에 걸린 것은
별도의 문제라는 것을 명희도 알고 있었지만
그래도 아주 상관이 없지는 않을 것이다.
생활 환경이라든가 습관이라든가 그런 것이

어떻게든 연결되어 있을 테니 아주 상관이 없지는 않을 것이다. 아주 상관이 없지는……

명희는 그런 생각을 하면서 미래를 각오하고 있었는데 각오를 굳게 하고 있어도 실제로 그것이 닥치면 각오 같은 것이 얼마나 허망하고 무기력하게 사라져버리는지 잘 알고 있었다. 두 여자가 마트를 나간 뒤에도 명희는 상념에 잠긴 채 멍하니 서 있다가,

아니 그런데 과도를 품고 마트에 들어온 남자는 어디로 사라졌나 하는 데 생각이 미쳤다. 남자는 어디로 사라진 게 아니라 이제 막 D라인으로, 그러니까 식음료 판매대 라인으로 들어가고 있었다. 남자의 구부정하고 넓은 등판을 바라보며 명희는 또 엉뚱한 생각을 했는데 만일 암세포라는 게 일종의 폭탄이라면 어떨까. 그걸 툭 떼어내서 통장이나 부녀회장이나 과도를 갖고 다니는

저 남자에게 휙 던져서 맞힐 수 있다면 좋을
텐데. 오래전에 호신술을 배운 적도 있으니
자세를 딱 잡고 던지면 정확하게 표적에
명중시킬 수 있을 텐데. 그러면 사람의 몸이
쾅! 하고 터지면서 몸속의 장기들이 일제히
튀어나올 것이고 안과 바깥이 뒤집힐 것이고
내부가 투명하게 보일 것이고…… 명희는 그런
상상을 하다가 어이가 없어져서 혼자 웃었다.
미쳤구나 내가. 명희는 그렇게 결론을 내렸다.

방금 마트에 들어온 환희는 계산대에
서 있는 캐셔가 혼자 웃는 것을 보고 고개를
갸우뚱하게 기울였다. ……안과 바깥이 뒤집힐
것이고 내부가 투명하게 보일 것이고……
캐셔의 머리 위에 그런 문장이 둥둥 떠다니고
있었으므로 환희는 생각했다. 안과 바깥이
뒤집히고 내부가 투명하게 보인다면 좋겠지.

좋을 거야. 확실히 좋을 것이다. 그런데
저 언니는 왜 저런 상상을 하고 있나.
마트에서 캐셔 일을 하면서도 안과 바깥이
뒤집히고 내부를 투명하게 보는 상상을 하는
사람이라니 그런 상상을 하면서 혼자 미소
짓는 사람이라니,

　　뭔가 시적이지 않은가. 환희는 생각했다.
저런 것을 혼자 상상하고 혼자 웃는
사람에게는 호감을 갖지 않을 수 없지.
사람은 자꾸 상상을 해야 한다. 자꾸 다른
모양을 다른 풍경을 다른 세상을 머릿속에
그려야 한다. 그래야 살아지니까. 그런 것이
삶이니까……

　　그렇게 생각하는 환희는 실제로
시인이었고 뭔가를 혼자 상상하고 혼자 웃는
습관이 있었다. 혼자 상상하고 혼자 웃을 뿐만
아니라 다른 사람의 상상을 보고 웃는 일도

잦았는데 아니 이봐요, 당신 머리 위에 둥둥
떠 있는 문장이 보여요 안과 바깥이 뒤집히고
내부가 투명하게 보이고 하는 그런 문장이,
하고 소리 내어 말을 하지는 않았다. 환희가
그렇게 말하면 사람들은 그게 무슨 소리예요
하면서 환희를 이상한 눈으로 볼 게 뻔하니까.

　　한번은 상대방의 상상이 상대방 머리
위를 둥둥 떠다니길래 실제로 그걸 책
읽듯이 읽은 적이 있는데 역시 예상대로 바보
같은 짓이었다. 아니 그러니까 사람 손이
사마귀처럼 날카롭고 뾰족하게 생겼다면
그 손으로 과장 새끼 얼굴을 팍팍 긁어줄
텐데…… 하고 환희는 책 읽듯이 읽었을
뿐인데,

　　환희 씨 지금 뭐해요. 그게 무슨 말이에요.
상대방은 그렇게 말하며 얼굴을 찌푸렸고
환희는 아 죄송해요 실례했어요 하고 사과한

뒤에는 그 사람을 슬슬 피해 다녀야 했다.
예전에 잠시 사귀던 남자와도 비슷한 일이
있었다. 환희가 아, 지금 시간 없는데 빨리
집에 가서 플레이스테이션 해야 하는데,
플레이스테이션을 하면 좋겠지 재미있겠지
즐거울 거야, 하고 중얼거리는 바람에 상대
남자가 깜짝 놀란 표정으로 물었다. 아니
환희 씨, 플레이스테이션도 해요? 환희도
놀란 표정으로 네? 플레이스테이션이요?
그게 뭔데요? 하고 반문하자 아니 지금
플레이스테이션이라고 했잖아요, 빨리 집에
가서 플레이스테이션 해야 한다면서요.
환희가 대답을 하지 못한 채 어버버 하자
이윽고 상대방이 얼굴을 찡그리며 말했다.
그럼 방금 한 말 그거 누구 말이에요? 지금
독심술 해요? 왜 내 생각을 읽어요? 남자가
불쾌한 표정을 지으며 그렇게 항의하는

바람에 환희는 어쩔 줄을 몰랐다. 환희는
플레이스테이션이 뭔지도 모르면서 그렇게
중얼거린 것이었으나 남자와는 곧 헤어져서
다시 만나지 않았다.

이후 환희는 가급적 남의 상상을 소리
내어 읽지 않았다. 적어도 남의 상상을 읽을
수 있다는 걸 티 내지 않기 위해 노력했다.
고등학교 때 처음 그런 현상이 나타났는데
환희는 남의 상상을 읽는 것은 능력인가
증상인가? 질병인가 재주인가? 하고
자문해보기까지 했지만,

아, 모르겠다. 당황스럽긴 해도 나만 모른
체하면 되지. 어쨌든 묘하게 즐거운 일이기도
하니까. 환희는 그렇게 결론을 내렸다.
이상하고 엉뚱한 상상을 하는 사람들은 대개
권위적이지 않고 욕심이 별로 없고 남에게
해를 끼치지 않지. 자꾸 뭐에 당첨되고 돈을

마구 벌고 부귀영화를 누리는 상상을 하는 이들도 대개는 평범하고 성실하게 생활하는 사람들이다. 노골적으로 야하고 포르노 같은 상상을 하는 이들도 있었지만 경찰에 신고할 수도 없고 완력으로 제압할 수도 없었으므로 환희는 물끄러미 바라볼 뿐이었다.

폭력적이고 음침한 상상을 하는데도 겉으로는 친절하고 다정한 사람들을 만나면 아아, 상상이란 상상일 뿐이고 이 사람의 본모습은 이렇게 친절하고 다정한 모습이다. 그렇게 생각하려고 노력했다. 노력해도 잘 되지 않아서 슬슬 피해 다녀야 했지만 그러다가도 문득,

남의 상상을 읽는 나는 범죄자 아닌가? 남의 프라이버시를 침해하는 거니까 명백한 범죄 아닌가? 같은 생각에 도달하면 갑자기 침울해지곤 했다. 환희는 하지만 이건 내

의지가 아닌데……라고 생각하면서 캐셔를
바라보았다. 가만히 바라보았을 뿐인데
캐셔의 얼굴에는 어느 결에 미소가 사라져
있었다. 표정이 차갑게 굳어 있었다. 캐셔의
머리 위에 둥둥 떠 있던 글자들도 말끔하게
사라져버렸기 때문에 어,

　사라졌다, 하고 환희는 중얼거렸는데
이번에는 캐셔가 환희 쪽으로 시선을 돌렸다.
환희를 바라보려고 그러는 줄 알았는데
환희가 아니라 환희 뒤편의 어딘가를
바라보는 것도 같았다. 환희가 고개를 돌려
캐셔의 시선을 좇았더니 덩치 큰 노인이
할인마트의 D라인을 나와서 C라인으로,
그러니까 식음료 판매대 라인을 나와
생활용품 판매대 라인으로 들어가는 게
보였다.

　명희는 남자의 넓은 등짝을 보고 있었고

환희는 뭘 보아야 할지 정확하게 알지 못했기 때문에 똑같은 것을 보고도 아무것도 못 본 것이나 마찬가지였다. 명희는 저 남자, 넓고 음침한 등짝만으로도 심상치 않은데 하고 생각했고 환희는 단지 C라인 쪽에서 물건을 고르고 있는 노인이 보일 뿐이었다. 환희는 그쪽으로 걸어갔다. 노인을 향해 간 것이 아니고 샴푸와 린스를 고르기 위해 생활용품 판매대 쪽으로 갔을 뿐이었다.

C라인에는 키가 크고 몸이 크고 어깨가 귀까지 올라가 있고 목덜미에 두드러기가 붉게 올라와 있는 노인이 서 있었다. 노인이라고는 해도 가령 마트 같은 데서 어깨를 살짝 부딪치면 눈을 부라리며 인상을 쓸 것 같은 흉흉한 분위기의 노인이었다. 아니 뭐 이런 사소한 일로 그렇게 눈을 부라리세요? 환희가 의아한 시선으로

쳐다보면 노인은 불쾌한 표정을 풀지 않은 채 환희를 지나쳐 다른 라인으로 옮겨 가버릴 것 같았다. 환희는 노인을 물끄러미 바라보았지만 노인의 머리 위에는 아무 글자도 떠 있지 않았다. 상상 같은 건 하지 않는 사람이 틀림없는데 하긴 마트에서 생활용품을 사면서 뭔가를 상상하거나 묘한 문장을 떠올리는 사람은 없으니까. 환희를 제외하고는.

환희는 긴 머리를 뒤로 묶었고 작은 체구를 갖고 있었고 시인이었다. 환희를 처음 만나 인사를 나누는 사람들은 아아, 시인이시라고요? 하며 유쾌하게 놀란 표정을 짓고는 환희를 위아래로 살펴보고는 했다. 마치 시를 쓰는 일이 43킬로그램의 체구와 무슨 필연적인 관계라도 있다는 듯이.

환희의 애인은 노마였는데 노마는

처음 만났을 때 아, 저도 한때는 시인
지망생이었어요, 하고 말했다. 환희가
시인이라는 걸 알고도 심상한 표정을
지었는데, 세상에는 시인이 많아서 이제는
별로 특별한 존재가 아니라는 걸 잘 아는 사람
특유의 표정이었다. 특별한 존재가 아니어도
시인이 많다는 건 좋은 일이고 시인이 많은
세상이 더 좋은 세상이라고 생각하는 사람의
호의적인 표정이었다. 환희는 그게 좋았다.
노마의 머리 위에는 아무런 글자도 떠다니지
않았으므로 그것도 좋았다. 연인이 상상을
자꾸 해서 환희가 그걸 읽게 되면 여러모로
불편했으니까.

　둘은 만난 지 1년이 되었으며 연인
사이였지만 섹스는 하지 않았다. 환희는
섹스에 별다른 관심이 없는 편이고 그건
노마도 마찬가지였다. 남자인데도 섹스에

관심이 별로 없다니 신기해. 환희는 그런
생각을 했는데 노마가 그런 쪽에 관심이
없는 건 사실이었고 이유는 그 자신도 알 수
없었다. 노마 입장에서 말하자면, 그냥 그런
데 관심을 둘 의욕도 필요도 시간도 없었달까.

처음 만났을 때 노마가 성까지 붙여서
이름을 말했는데도 웃지 않은 유일한 사람이
환희였다. 노마는 그게 좋았다. 노마는
이씨였기 때문에 성과 이름을 붙여서 자신을
소개하면 대개는 웃음을 참으며 뭐라고요?
성함이 뭐라고 하셨어요? 하고 되묻게
마련이었다. 하지만 성과 이름을 붙여서
말했는데도 환희는 깜짝 놀라며 이렇게
외쳤던 것이다. 아니, 노마는 마릴린 먼로의
본명인데! 노마 진이 본명이거든요! 노마 님은
남자인데도 그 이름을 쓰시다니, 너무 멋져요!

마릴린 먼로의 본명과 겹치는 게 왜

멋지다는 것인지 노마는 알 수 없었지만 오래전 <7년 만의 외출>을 보고 먼로에 매료된 기억이 희미하게 남아 있었기 때문에 기분이 나쁘지는 않았다. 사실 환희는 노마의 성을 듣지 못하고 이름만 들었기 때문에 그렇게 반응한 것이었지만 아무려나.

그즈음에 환희는 사람들의 상상을 읽는 일에 피로감을 느끼고 있었다. 확실히 사람들의 상상은 다양하다. 누구를 싫어해서 해코지하는 상상을 하고 불특정 다수를 대상으로 끔찍한 상상을 하고 심지어 무턱대고 세상이 멸망하는 상상을 하는 이들도 있었다. 그들은 대개 자기가 만든 상상에 사로잡혀 옴짝달싹하지 못했는데 가령 대통령이 되어 계엄을 일으키고 총칼로 반대파를 처단하는 상상을 한다면 어떤가. 다른 사람도 아니고 대통령이 그런 상상을 반복하다가 상상에 완전히 사로잡혀 옴짝달싹하지 못한다면 어떤가. 환희는 그런 생각을 하면서 공포와 분노에 사로잡혔는데 다행히도 노마는 그런 종류의 피로감을 주지 않았다. 머리 위에 아무런 글자도 떠다니지 않았으니까.

노마의 집에서 드디어 처음으로 섹스를 한 날이었다. 섹스 후에 노마의 표정에 나른한 만족감 같은 것이 힐끗 보이기는 했는데 거기에는 환희가 없었다. 연인인 환희도 없었고 기쁨을 뜻하는 환희도 없었다. 노마와의 섹스에서 별다른 느낌을 받지 못한 것은 환희도 마찬가지였으므로 쌤쌤이라고 생각했다. 노마는 자신의 성기를 만지작거리며 말을 했는데, 발기란 무엇인가 하면 여기 이 해면체 쪽으로 혈액이 들어와서 부풀어 오르는 거거든요. 원래는 정맥혈이

흐르는 곳인데 성적 자극을 받으면 정맥혈이
아니라 동맥혈이 들어오는 거예요. 동맥혈이
정맥혈보다 산소포화도가 높기 때문에
해면체가 부풀어 오르는 거죠.

노마는 비뇨기과 의사처럼 말했는데
실제로 노마는 비뇨기과 의사였다. 섹스를
과학적으로 이야기하는 노마가 좋다고 환희는
생각했지만 아마도 이 사람과는 조만간
헤어지겠구나. 환희는 그렇게 생각하면서도
그리 서운하지 않아서 그게 더 서운했다.

환희는 샴푸와 린스를 사기 위해 마트에
들렀고 몸집 큰 노인은 물건을 사러 온
것 같지 않았다. 지금 저 노인은 마트의
상품들에는 아무런 관심이 없구나. 노인의
머리 위에 떠 있는 문장을 보고 환희는 그것을
알았다. 거기에 쓰여 있는 것은……

무슨 말인지 알 수 없었다. 환희는 고개를

갸웃하고는 노인을 찬찬히 살폈다. 노인은
노인이라도 젊은이 두엇쯤은 완력으로
밀어버릴 수 있을 만한 몸집. 게다가 오른손을
품에 넣은 수상한 자세. 무엇보다도 노인의
머리 위에 엉켜 있는 이상한 문장들……
환희가 그런 것을 생각하는 동안 노인은 품에
넣은 것을 꺼내 확인했는데 환희가 보기에
그건 작은 과도였다. 과도, 그러니까 과일을
깎는 데 쓰는 칼. 노인의 머리 위에 떠다니는
기호들이 또 다른 기호들로 변하는 것을
환희는 물끄러미 바라보았다.

　　할인마트의 육 사장은 그때 마트 안쪽에
위치한 정육 코너에 서 있었다. 어딘지
멍한 표정이었고 육사시미 칼을 손에 들고
있었다. C라인에 서 있는 노인을 볼 수 있는
위치였지만 육 사장의 안중에는 노인이
없었다. 작은 과도를 품에서 꺼내 주의 깊게

확인하는 노인을 의아하게 바라볼 수도
있었지만 육 사장은 그렇게 하지 않았다.
상념에 빠져 있었기 때문에 노인을 보고
있어도 실제로 볼 수는 없었으니까.

육 사장은 마트의 정육 코너를 맡아
운영하다가 아예 마트 전체를 인수해
사장이 된 경우였다. 원래 그럴 생각은 전혀
아니었는데 마트의 주인이었던 친구가
떠넘기다시피 한 것이다. 친구는 소주를
마시며 말했다.

환멸에 빠졌어.

환멸? 환멸? 무슨 환멸?

육 사장은 환멸이라는 단어가 낯설어서
그렇게 되물을 수밖에 없었다. 실망이면
실망이고 짜증이면 짜증이지 환멸은 뭔가?
환멸이라니 그건 어떤 감정인가? 그런 단어는
애들 보는 교과서에나 나오는 게 아닌가?

나이를 먹을 대로 먹은 사람이 왜 그런 유치한 단어를 쓰나? 육 사장은 의아한 표정을 지었지만 마트의 주인이자 친구는 엉뚱한 대답을 했다.

이 나라를 떠날 거야.

동문서답 같기도 했고 아닌 것 같기도 했지만 육 사장은 반감을 느꼈다. 아니 이 사람이…… 평소에도 정치 얘기만 주워섬기고 시도 때도 없이 태극기를 들고 시위에 나가길래 그런가 보다 했는데 왜 갑자기? 육 사장은 어리둥절했지만,

환멸을 느낀 마트 주인이자 친구는 이민을 가겠다고 선언하고는 정말 얼마 안 있어 아들이 산다는 미국 남부로 떠나버렸다. 육 사장에게 마트를 헐값에 넘긴 뒤였는데 나중에 확인하니 그리 헐값도 아니었지만 어쨌든.

육 사장은 성이 육씨여서 정육점을 운영하느냐는 우스개를 많이 들었다. 아니 고기 육 자가 아니고 육지 대륙 할 때 육 자를 쓰는 옥천 육씨라고 허허 웃으며 답하곤 했지만 수십 수백 번을 반복해서 듣다 보니 언젠가부터는 웃기지도 않았다. 그런 것을 유머라고 하는 사람들이 짜증스러웠다. 짜증스럽다가 실망스럽다가 종내는 환멸이 느껴졌는데 환멸이라니 아, 이런 게 환멸이구나. 특정한 누구를 향하는 것이 아니라 마음 깊은 곳에 넓고 깊게 고이는 부정적 감정…… 이겨내고 싶지도 않고 해결책도 보이지 않으니 그냥 외면해버리고 싶은 감정……

물론 육 사장이 환멸 때문에 마트를 인수한 것은 아니었지만 결론적으로는 잘 된 일인지도 몰랐다. 마트를 인수해서 아내에

대한 추억을 물리적으로 간직할 수 있게 된
셈이니까.

육 사장은 아내와 사별하고 혼자 살고
있었다. 강제로 돌싱이 된 셈이랄까. 돌싱?
텔레비전에서 개그맨들이 돌싱이라는 말을
쓰는 것을 보고 육 사장은 휴대전화를
켜서 검색을 해본 적이 있었다. '돌싱'이란
돌아온 싱글이라는 뜻으로……라는 것을
알게 된 뒤 육 사장은 돌싱이라는 단어가
우스꽝스러우면서도 슬프게 느껴졌다. 이토록
슬픈 단어가 우스꽝스럽게 들리니 신기하다는
생각까지 들었다. 친구들과 술을 마시다가 이
이야기를 꺼내자 그건 십 몇 년 전 유행어라고
놀림을 받았는데 아니 초인할인마트 사장님이
그걸 이제 알았어? 하하하. 친구들은 유쾌하게
웃음을 터뜨렸고 육 사장은 희미하게
부끄러움을 느꼈지만 그게 부끄러움이라고

자각할 정도는 아니었다.

　육 사장은 초인할인마트의 사장으로 초인할인마트가 사실은 초인할인마트가 아니라는 것을 알고 있는 유일한 사람이었다. 원래 초인할인마트의 이름은 초안할인마트였고 초안은 세상을 뜬 아내의 이름이었고 육 사장은 초안을 사랑했다. 마음 깊은 곳에서 사랑했다. 하지만 생전에 아내가 다음과 같이 말했을 때 육 사장은 충격을 받았다. 초안할인마트? 내 이름을 달겠다고요? 초안이라니, 무협지에 나오는 이름이라고 놀림받을걸?

　육 사장은 아내의 말에 놀라움을 느꼈다. 아내가 초안할인마트라는 이름을 마뜩지 않아 하기 때문이 아니라 무협지를 읽어본 적이 있다는 사실 때문이었다. 아내는 늘 책을 옆에 끼고 살았고 육 사장보다 아는 것이 많았지만 자기 이름이 초안인 걸 싫어했다. 옛날 기생 이름 같다는 게 이유였다. 그래도 나는 그 이름이 마음에 드는데…… 마음에 들 뿐만 아니라 사랑하기까지 하는데…… 직업에는 귀천이 없는데…… 하고 육 사장은 속으로 중얼거렸다. 속으로 중얼거리기만 했을 뿐 소리 내어 말하지는 않았다.

간판업자가 초안의 'ㅏ'를 'ㅣ'로 잘못 표기한 시안을 보여주었을 때 대뜸 그걸로 하자고 제안한 것도 아내였다. 육 사장은 처음에는 반대했지만 아내의 논리를 당할 수는 없었다. 아내의 논리인즉 '초안'은 자신의 이름이므로 사용에 대한 권리도 자신에게 있는바, 자신은 '초안'이라는 이름의 사용을 불허하겠다는 것이었다. 너무 명쾌하고 당연한 주장이었으므로 마트의 이름은 초안할인마트가 아니라 초인할인마트가 되었다.

　사람들은 초인할인마트에 오면
초인이라니 그게 대체 뭘까 하고 궁금해하곤
했다. 부녀회장과 통장도 이 주제로 대화를
나눈 적이 있었는데 아니, 동네 마트라면 동네
이름이나 동네 아파트 이름을 따든가 해야지
웬 초인일까요? 그러게요. 초인이 대체 뭐야?
슈퍼맨이라는 뜻은 아니겠지? 에이 설마, 그건
너무 웃기잖아요. 아마 풀 초 자에 사람 인
자일 거예요. 풀 인간. 아아, 풀 인간? 그것도
이상한데? 아니 그런데 옛날에는 여기 마트가
아니라 슈퍼가 있지 않았나요? 슈퍼마켓?

　부녀회장과 통장은 그런 실없는 대화를
나누면서 실없는 웃음을 흘렸다. 나중에
두 사람이 육 사장에게 저 초인이라는 게
슈퍼맨이라는 뜻이에요 풀 인간이라는
뜻이에요? 하고 다그치듯 물었을 때

육 사장은 얼결에 아, 그야 슈퍼맨이죠
슈퍼마켓맨, 하고 웃어버렸다. 나중에 혼자
있을 때 육 사장은 풀 인간? 풀 인간이 뭐야?
하고 중얼거렸는데 젊을 때 도배를 한 적이
있어서 풀이라고 하면 벽지 바를 때 쓰는 풀이
먼저 생각났기 때문이었다. 하지만 아내는
초인의 초가 풀 초 자의 풀이면 더 좋겠다고
했었지. 육 사장은 또 감상에 젖어들었다.
풀 인간. 풀로 엮어 만든 인간. 풀처럼
연약하지만 또 풀처럼 강인한 인간. 풀처럼
누웠다가 풀처럼 일어서는…… 초인. 그래.
슈퍼맨보다 낫네.

    육 사장은 자신이 평범한 사람이라는
것을 알고 있었다. 어린 시절부터 한 번도
위인이 되고 싶다고 생각한 적은 없었다.
히어로를 부러워한 적도 없었다. 슈퍼맨이고
슈퍼마켓맨이고 간에 상관없잖아. 사람들이

마트의 이름을 뭐라고 해석하든 알 바 아니고 중요한 것은 이런 것이다. 아내의 이름이 마트 간판에 희미하게 흔적을 남기고 있다는 것…… 그것을 나만이 알고 있다는 것…… 그걸 생각하면 어쩐지 위안이 되었다. 그 위안은 우울한 감정에서 헤어나오는 데 도움이 되었으므로 육 사장은 초인할인마트의 정육 코너에 하루도 빠짐없이 나와서 일을 했다. 열심히 일을 했다. 일을 하다가 우울한 생각에 빠져들어도 일을 했다. 일을 할 때도 우울한 생각에서 헤어나오지 못했지만 일을 안 할 때보다는 나았기 때문에,

오늘도 육 사장은 고기를 정성스럽게 자르고 자른 고기들의 무게를 재어 일일이 포장을 했다. 기계적으로 했다. 초안이 떠난 지 벌써 5년이 되었는데 아직도 물속에 가라앉아 있는 느낌이었다. 이래서는 안

되겠다. 슬픔에 젖은 눈을 들어 현실을 직시하자. 육 사장은 일을 하면서 다시금 그런 결심을 했다. 실제로 육 사장은 생고기를 직시하고 고기의 잘린 단면을 직시하고 스티로폼 용기를 감싼 비닐을 직시했다. 그러다가 고개를 들었다. 마트라는 세계를 직시하기 위해서였는데 그때,

육 사장의 눈에 노인이 보였다. C라인 끝에 서서 손에 든 무언가를 살펴보고 있는 노인이 보였다. 육 사장은 눈을 게슴츠레하게 떴다. 저 손님은 과도를 손에 들고 있구나. 육 사장은 우울의 물속에 잠겨 있다가 겨우 물 밖으로 고개를 내밀었기 때문에 노인의 행동이 무엇을 의미하는지까지는 해석하지 못했다. 과도는 과도이고 과도란 과일을 깎는 데 쓰는 물건이고 그것은 마트에서도 파는 품목이었기 때문에,

눈을 게슴츠레하게 뜨고 노인을 바라본
사람은 또 있었는데 그이는 초등학생이었고
소년이었다. 소년은 엄마를 따라 마트에 왔고
엄마가 오늘따라 기분이 좋다는 것을 잘
알고 있었다. 브로콜리와 양상추에 붙어 있는
가격표를 바라보다가 엄마가 "권아, 권이는
커서 절대 대통령이나 판사나 검사나 의사
같은 건 되지 마. 절대 되지 마. 권이는 커서
권이가 하고 싶은 거 해"라고 말하는 것을
소년은 흘려듣고 있었다.

지금 소년의 관심사는 대통령이나 판사나
검사나 의사 같은 것이 아니라 저기 보이는
저 덩치 큰 할아버지였다. 할아버지는 주위를
둘러보고 있었는데 저 할아버지 좀 이상한데.
저 할아버지 뭘 사러 온 것이 아니다. 저
할아버지 어쩐지 무서워. 소년은 그런
생각을 하고 있었다. 할아버지에게서 살기가

느껴졌지만 소년이 살기라는 단어를 알고
있는 것은 아니었다. 단어를 몰라도 소년은
그것, 즉 나쁜 기운을 느꼈으므로 어쩐지 무슨
일이 일어날 것 같아. 소년은 소년 특유의
감각으로 그것을 알았다.

"권아, 권이는 새벽에 깨서 괴로워하지
마."

소년의 엄마는 야채 코너에서 홍당무와
피망과 로메인을 집어 플라스틱 바구니에
넣으며 말했다. 유럽상추는 없네. 양상추나
그냥 상추보다 비싸지만 아삭한 식감이
좋은데. 소년의 엄마는 그렇게 중얼거렸고
소년도 그 중얼거림을 들었는데 엄마가
오늘 새벽에 깨어 혼자 괴로워했다는
것도 소년은 알고 있었다. 어제가 소년의
1주기였다. 정확하게 1년 전, 학교 앞에서
발생한 교통사고로 소년은 사망했다. 소년은

사망했지만 소년의 엄마는 소년과 대화할
수 있었고 어딜 가든 소년이 곁에 있는 듯
혼잣말을 했다. 소년은 그 혼잣말 덕분에
자신이 아직 엄마 곁에 있다는 것을 알았고
엄마가 혼잣말을 멈추면 자신도 사라지리라는
것을 알았다. 생전에 웹툰 같은 데서 보아
알고 있던 사후의 규칙 그대로였는데 그걸
실제로 경험하게 될 줄은 몰랐다.

　그때 소년의 엄마는 방금까지 마트를
돌던 두 여자가 했던 말을 떠올리고
있었다. "글쎄, 그냥 사고가 아니라니까요."
"그냥 사고가 아니었군요." "맞아요. 그냥
사고가 아니었어요." 여자들이 소년에 대한
이야기를 하고 있다는 것을 소년의 엄마는
직감으로 알았다. 기분이 나쁘거나 하지는
않았다. 두 여자가 소년의 사고를 남의 일로
여기고 있고 자기 아이들에게 일어난 일이

아니라서 안도하고 있다는 것도 알았다.
남의 불행을 접하고 그런 식으로 반응하는
건 인지상정이니까. 소년의 엄마는 하지만
자신만은 그런 식으로 생각하고 떠들지
말아야겠다고 다짐했다. 남의 불행이 나의
불행이 아니라는 이유로 안도하는 마음에
지지 말아야겠다고 다짐했지만 아아,

　　이미 너무 늦어버렸어. 소년의 엄마는 두
여자가 하는 얘기를 또 들었다. 1년 전 사고의
판박이처럼 어제 똑같은 곳에서 똑같은
사고가 일어났다는 얘기였는데, 그 말을 듣는
순간 끔찍하게도 기묘한 위안이 느껴졌다.
위안? 위안이라니. 나의 불행이 나만 겪은
것이 아니라서 느끼는 위안이라니. 남도 같은
불행을 겪었기 때문에 느끼는 위안이라니.
이건 또 얼마나 괴롭고 무서운 감정인가.

　　소년의 엄마는 희미하게 죄책감이

들었고 의외로 금방 사라지지 않는 그 감정에
시달리느라 자꾸 혼자 중얼거렸고 자꾸
중얼거리는 통에 C라인으로 걸어들어온
거구의 노인을 보지 못했다. 소년의 엄마는
C라인 생활용품 코너에 매달려 있는 주방
도구들을 눈으로 훑고 있었다. 그녀를 향해
노인은 다가오고 노인의 등 뒤로 작은 체구의
여자가 따라오고 있었다. 여자의 이름이
환희라는 것을 소년은 알았고 소년의 엄마는
알지 못했다. 소년은 노인에게 불길한 기운을
느꼈으므로 엄마에게 자리를 피하라고
말했다. 있는 힘껏 말했다. 말했지만, 소년의
엄마는 귓가에 무언가 간지러운 느낌이 들어
고개를 갸우뚱하게 기울였을 뿐이었다.

　저 손님은 과도를 다른 과도로 바꾸려고
온 걸 거야. 그런 걸 거야. 그러니까 C라인으로

간 걸 거야.

계산대의 명희는 생각했지만 사실 명희의 자리에서는 생활용품 코너가 보이지 않았다. 계산대에서 보이는 것은 A라인 식료품 및 식자재 코너였고 C라인 생활용품 코너는 보이지 않았다. 하지만 오랫동안 이런저런 마트와 다양한 종류의 업소에서 일하며 터득한 능력으로 명희는 C라인 쪽을 투명하게 볼 수 있었다. 남자 손님이 엉거주춤 서 있는 모습도 볼 수 있었다. 저 손님은 과도를 다른 과도로 바꾸려고 하는 모양이지. 명희는 그렇게 생각했지만 그보다는,

자신이 죽어가고 있다는 것과 살아가고 있다는 것과 지금 배가 고프다는 것과 오래 서 있어서 다리가 아프다는 것에 시달리고 있었다. 자신이 이런 것들을 한꺼번에 겪고 있다고 생각하니 웃음이 났다. 오래전에

명희는 호신술을 배운 적이 있고 간호조무사
자격증을 따려고 공부한 적도 있는데
왜 갑자기 암에 걸렸는지 알 수 없었다.
간호조무사 자격증은 엉뚱하게도 무도관
관장이 권한 것이었는데 명희는 이런저런
사정이 겹쳐 자격증을 따는 데 필요한
780시간의 실습 시간을 채우지 못하고 중간에
그만두고 말았다. 무도관 관장은 무도인답게
단단한 체구가 돋보이는 청년이었고 무술이란
사람을 죽이는 것이 아니라 살리는 것이어야
한다는 신념을 시간 날 때마다 반복해서
강조했다. 여러분은 사람을 때리는 기술만이
아니라 살리는 기술을 배워야 합니다. 그는
관원들에게 그렇게 역설했다. 그가 나중에
무슨 폭행 혐의로 입건되자 쌍방 폭행이라며
상대방을 맞고소해서 진흙탕 싸움을 벌이고
있다는 이야기를 들었을 때,

명희는 깊은 실망감을 느끼고 그길로
무도를 그만두었다. 간호조무사를 하겠다는
생각도 함께 버렸다. 그런데 왜 병에 걸리나.
이런 걸 운명이라고 하나. 운명이라기보다는
환경 아닌가. 유전 아닌가. 유전이라면 갑자기
병에 걸린 게 아니라 이미 날 때부터 그렇게
되도록 정해져 있다는 뜻이고 환경이라면
오랜 세월 몸속에 병이 쌓여왔다는 거 아닌가.
어느 쪽이든 상관없지만 내가 죽으면 혜수는?
내 딸 혜수는? 그토록 제멋대로에 비관적이고
못돼 처먹은 혜수는? 못돼 처먹었지만
똑똑하고 사랑스러운 혜수는?

명희가 그런 질문에 빠져 있을 때 C라인의
노인은 누군가를 찾는 듯 두리번거렸다.
노인의 눈빛은 살기로 번들거렸지만 그걸
살기라고 느낀 것은 소년뿐이었다. 살기라는
단어를 떠올린 것은 아니지만 단어를 알든

모르든 그게 무언가 불길한 기운이라는
것을 소년은 알았다. 소년은 엄마의 손을
놓고 할아버지에게 다가갔다. 할아버지에게
다가가서 말하기를 할아버지 할아버지, 그
칼로 과일을 깎으려고 해요 사람을 죽이려고
해요?

　　노인은 어디선가 목소리가 들리자
본능적으로 주위를 둘러보았다. 또 환청인가
생각했지만 이번에는 아니었다. 몇 걸음
떨어진 곳에 소년이 서 있었다. 두 팔을
옆구리에 붙이고 두 무릎을 무릎끼리 붙이고
그렇게 차렷 자세로 얌전히 선 채 자신을
바라보고 있었다. 노인과 소년은 서로를
마주 보았다. 이윽고 소년이 입을 열지
않고 말했다. 천진한 표정이었다. 할아버지
할아버지, 그 칼로 과일을 깎으려고 해요
사람을 죽이려고 해요?

이 쬐그만 애가 무슨 말을 하는 건가 하는
표정으로 노인은 소년을 바라보았다. 노인의
얼굴이 점점 일그러지기 시작했다. 할아버지
할아버지, 과일을 깎지 말아요. 사람을 죽이지
말아요. 마치 기계가 말하는 것처럼 억양도
없이 소년이 반복했다. 할아버지 할아버지,
과일을 깎지 말아요. 사람을 죽이지 말아요.

　　노인은 고개를 흔들었다. 지금 헛것이
보이나. 저기 저것이 진짜인지 헛것인지 알
수가 없구나. 아무래도 저건 진짜가 아니라
헛것 같은데. 이건 아무래도 헛것이 아닐 수가
없는데…… 노인은 그런 생각을 하며 소년을
노려보았는데 소년은 실제로 헛것이었다.
헛것이어도 소년은 노인을 똑바로 마주
보고 있었다. 소년의 눈에 눈물이 그렁그렁
매달리는 것을 보고 노인은 네놈이 이 세상
것이냐 저세상 것이냐 하고 중얼거렸다.

요즘 자꾸 어디서 헛소리가 들리고 먼 곳의 목소리가 들리고 귓가에 뭐라 뭐라 떠드는 자들이 있더니 이제는 저런 헛것이 보이는구나. 노인은 잠시 눈을 감았다가 떴다. 다시 눈을 감았다가 떴다. 소년은 사라지지 않고 여전히 그 자리에 서서 노인을 바라보고 있었다.

초인할인마트에 들어오기 전에 노인은 박치국이에게 전화를 했다. 덜덜 떨리는 손으로 전화를 했다. 치국은 전화를 받지 않았다. 치국은 노인보다 너댓 살이 어리지만 오래전부터 형 동생 하며 친구로 지내온 자인데 아내를 꼬드겨 자꾸 헛바람을 넣고 헛짓을 하게 만들었으니 형이고 동생이고 간에 더 이상 친구라고 할 수 없었다. 아내는 삼천만 원이 훨씬 넘는 빚을 지고 오리무중

사라져버렸다. 노인을 떠나 아예 어디 먼
지방 친구 집으로 가버린 모양인데 그게
어디인지 도무지 알 수 없었다. 결국 돈 문제
돈 문제 돈 따위의 문제인가 싶었지만 문제는
그게 아니었다. 돈이야 갚으면 되는 것이다.
전세금을 빼서라도 갚으면 되는 것이다.
돈이란 있다가도 없고 없다가도 있고……
그나저나 이 여편네는 대체 어디서 뭘 하고
자빠져 있는 건가……

　마누라 치마폭에 싸여 사는 놈이 지랄
맞기는.

　치국이 그런 식으로 면박을 주지
않았더라면 좋았을 것이다. 좋았겠지.
좋았을까. 그럴 리가. 문제는 면박이 아니라
돈이고 돈이 아니라 감정이고 감정이 아니라
아내이다. 아내는 치국의 소개로 마트 일을
하다가 진상 짓을 하는 손님에게 대들어서

잘렸고 치국이라는 작자는 그런 아내를
꼬드겼고 아내의 폐에 헛바람을 넣어 결국은
헛짓을 하게 할 정도로 휘둘러대지 않았는가.
치국은 헛바람을 넣은 건 자신이 아니며
자신은 오히려 피해자라고 변명을 해댔지만
대체 둘이서 시내까지 나가 다단계 회사에는
왜 갔다는 말인가. 셋도 아니고 넷도 아니고
둘이서. 단둘이서.

노인은 혼자가 된 후 두드러기 때문에
고생을 했다. 무슨 알레르기 반응이라고
했지만 그런 것은 아무래도 상관없었다. 당장
이 가려움증을 없애주시오. 노인의 말에
의사는 항히스타민제를 처방했는데 그래도
노인의 가려움증은 사라지지 않았고 그러니
끊임없이 중얼거리는 수밖에 없었고 긁고
싶다니까. 박박 긁어서 피부를 다 벗겨내고
싶다니까. 칼로 살을 다 도려내고 싶다니까.

노인은 연신 그렇게 중얼거렸지만 쓰레기 같은 인간에게 꼬드김을 당한 여편네는 연락처도 남기지 않고 사라져버렸지.

　　두드러기 때문에 몸을 긁고 긁고 자꾸 긁다 보면 어디서 환청이 들려. 아내 목소리 같기도 하고 아이 목소리 같기도 하고 무슨 기계 목소리 같기도 한 환청이 들려. 뭐라고 하는지 잘 알아먹지는 못해도 자꾸 뭐라 뭐라 하는 목소리가 들려. 그런데 그게 환청이 아니라 진짜 사람의 목소리라는 걸 알게 된 것은 최근이었다. 제수씨가 네놈이 좋아서 살아준 줄 아느냐. 빈둥거릴 때 빈둥거리더라도 빚은 갚고 빈둥거려야지……라는 말도 그렇게 해서 들은 것이다. 이상한 목소리가 들리는 귀가 하나 더 생긴,

　　그런 느낌이랄까. 그날은 아무래도 견디지 못해 술이라도 마시려고 박치국이를 찾아간

것인데 마트에도 없고 전화도 안 받고 날이
그만 어두워 동네 삼겹살집을 지나다가 그
목소리를 들었다. 초인할인마트에서 멀지
않은 작은 삼겹살집으로 근방 노인들에게는
밥집이자 술집이기도 했다. 그건 환청일 리가
없는 사람의 목소리였고 의심의 여지가 없는
치국의 목소리였고 내용으로 보아 확실히
노인에게 하는 말이라는 것을 노인은 단박에
알았다. 목덜미를 벅벅 긁으며 알았다.
제수씨가 네놈이 좋아서 살아준 줄 아느냐.
빈둥거릴 때 빈둥거리더라도 빚은 갚고
빈둥거려야지……

　　너댓 살이나 어린 놈의 새끼가 평소에도
제수씨 제수씨 하면서 눙치는 걸 오냐오냐
받아줬더니 아주 치국이 이 새끼가. 돈 좀
빌려줬다고 치국이 이 새끼가 아주 유세를
떠는구나. 네놈이 하는 말이 내 귀에 안 들릴

줄 아는가. 나는 모든 목소리를 면전에서
듣듯이 들을 수 있다. 아주 먼 곳에서 떠드는
목소리도 들을 수 있다. 네놈이 마음속에
숨겨서 하는 말까지도 들을 수 있다. 나에게는
그런 능력이 있다. 이렇게 똑똑히 들리는데
이번에도 그런 말을 안 했다고 잡아뗄 텐가.
한 적이 없다고 잡아뗄 텐가.

　　노인이 전화로 치국을 다그친 게 오늘
오전이었다. 자기는 그런 말을 한 적이
없다고, 네놈이 늙고 병들어서 그런 빌어먹을
헛소리를 듣는 거라고 치국은 노인에게
면박을 주었지만 말도 안 되는 변명이지. 말이
안 되는 변명이다. 말이 안 되는 변명이고
말고. 왜냐하면 노인은 박치국이가 그런 말을
한 시간과 장소까지 콕 집어 지목했고 치국은
아니 그때 내가 그 삼겹살집에서 술을 마신
걸 대체 어떻게 알았느냐며 확연히 당황했던

것이다.

　하지만 그건 지나간 일이다. 지나간 일
때문에 오늘 박치국이에게 칼을 들고 찾아온
것은 아니다. 지나간 일 때문에, 술 처먹고
한 말 몇 마디 때문에, 겨우 그런 것 때문에
박치국이 이 새끼를 죽이고 나도 죽겠다고
찾아온 것은 아니다. 두드러기가 온몸에 번져.
미칠 것 같아. 두드러기가 온몸에 번지는 통에
노인은 잠을 못 이루었고 잠을 못 이루니
술이라도 마셔야 했다. 그래야 조금이라도
잘 수 있었다. 노인은 휴대폰을 귀에 대고
치국에게 그런 말을 하려고 했지만 연결이
되자마자 놈은 이렇게 말했지. 아니, 연결이
되자마자가 아니라 전화를 끊은 뒤인지도
모르지만 확실히 그런 말이 들렸다. 노인의
귀에 들렸다.

　제수씨는 이미 다른 사람과 정분이 난 지

오래이고 그건 다 네놈 탓이다. 누구와 정분이
났느냐고? 나지 누구겠냐.

아아, 이놈이. 지난번에도 지랄 맞은
놈이라는 말을 아무렇지도 않게 해대길래
추궁하자 변명만 일삼았지. 시간과 장소까지
대면서 추궁하자 꼼짝을 못 하고 당황했지.
그런데 또 이런 헛소리를 하다니. 신박한
헛소리를 하다니. 두드러기가 온몸에 번져.
가렵고 또 가렵다. 미칠 것 같아. 노인은
그렇게 중얼거리며 초인할인마트로 향했다.
박치국이는 초인할인마트에서 배달 일을
하는 놈이고 배달 일만 열심히 하면 좋으련만
입이 가벼워 여기저기 헛소리를 하고 다닌다.
게다가 주제넘게 약수터니 다단계니 하는
데를 드나들고 약수터니 다단계니 하는 데서
옥장판이니 골전도 전화기니 그런 것이나
팔면 좋으련만…… 그 뭔가…… 무슨 코인……

코인……이라는 신박한 물건을 영업한다고……
휴대전화에 무슨 앱을 하나 깔고 매일 버튼을
누르면 돈을 벌 수 있다고 선전을 해댔다.
노후를 대비하라고 선동을 해댔다.

친구라고 할 수 없을 뿐만 아니라 이제는
원수라고 해도 좋았는데 마지막으로 들은
말에 치가 떨렸다. 제수씨는 이미 다른 사람과
정분이 난 지 오래이고 그건 다 네놈 탓이다.
누구와 정분이 났느냐고? 나지 누구겠냐.

노인은 앞만 보고 걸었다. 초인할인마트를
향해 걸었다. 노인의 품에는 과도가 숨겨져
있었다. 마트에 들어선 뒤에도 캐셔가
자신을 주시하고 있다는 것은 알지 못했고
캐셔의 눈에 과도가 은빛으로 반짝이고
있다는 것도 알지 못했는데 은빛? 아, 정말
은빛이네. 저거 저거, 저 반짝이는 은빛. 저건
바로…… 계산대에 서서 눈을 게슴츠레하게

뜨고 그렇게 생각하고 있는 캐셔의 존재가
노인에게는 안중에 없었다. 마트에는
물건들이 많지. 먹을 것도 많고 마실 것도
많고 냉장고에 선반에 서랍에 넣어둘 것도
많지. 이 많은 물건을 다 어디에 쓰나. 천만
원이면 이걸 다 살 수 있나. 이천만 원이면
이걸 다 살 수 있나. 박치국이 이놈에게 빌린
돈이면 다 살 수 있나. 사서 전부 길에다
뿌리면 그건 누가 가져가나. 두드러기가
뇌까지 헤집어놓은 느낌이야…… 가렵고 또
가렵다…… 온몸의 피부를 벗겨내도 간지러운
건 사라지지 않네…… 이건 피부의 문제인가
영혼의 문제인가. 노인은 그런 것을 알 수
없었으므로 자신이 품고 있는 과도로 결국
자신을 해하는 상상에 시달릴 뿐이었다.
치국이 새끼 앞에서. 네놈 앞에서.

다른 사람의 상상을 읽을수록 시가 자꾸 침울해지는 건 왜일까. 환희에게는 그런 게 의문이라면 의문이었는데 오늘은 아무래도 더 침울해질 것 같았다. 환희는 샴푸를 사는 일과 시 쓰는 일의 관계에 대해 생각한 적이 있는데 샴푸를 사는 일에도 시적인 것이 있을까. 있겠지. 물론 있겠지. 세상 어떤 일보다 시적인 것이 거기 있겠지. 하지만 샴푸라든가 린스는 나름 무게가 나가고 그걸로 사람을 때리면 의외로 충격이 클 것이다. 정확하게 귓가를 가격한다면……

환희는 C라인 안쪽에 서 있는 거구의 노인이 품에서 과도를 꺼내는 것을 보았다. 저걸로 어떤 과일을 깎으려고 저러시나. 이 마트는 채소와 과일이 그리 신선한 편이 아닌데. 손님이 줄어들수록 채소와 과일은 순환이 안 되고 순환이 안 되니 퀄리티가 떨어지고 악순환은 계속되고 아아, 참 안타까운 일이지.

환희는 노인의 등 뒤 다섯 발자국쯤 떨어진 곳에서 노인을 바라보며 생각했다. 생각을 했다. 정말 저런 작은 칼로 누굴 해치려는 건 아니겠지. 공기총이나 일본도나 회칼 정도는 되어야 해칠 수 있을 텐데. 저걸로는 어려울 텐데. 마트에서는 과도도 팔지만 식칼도 팔기는 하는데 하필이면 저런 작은 물건을 들고……

환희는 눈을 게슴츠레하게 떴다. 노인의 머리 위에 떠 있는 어지러운 글자들이 어느 순간 문장을 이루고 의미를 이루었는데…… 아아 저 할아버지, 뭘 하려는 건가, 자해라도 하려는 건가. 환희는 불안에 사로잡혔다. 노인은 상상을 하다가 상상하는 것을 입 밖에 내어 중얼거렸고 누군가와 대화라도 하는 듯

중얼거렸고 그건 혼잣말이라기에는 음량이 큰
편이어서 환희에게까지 들렸다. 두드러기가
있어 두드러기가. 두드러기가 온몸에 번져.
병균 같고 벌레 같아. 피부를 다 벗겨내고
싶은데,

　　노인의 혼잣말을 들은 것은 환희뿐이
아니었다. 소년도 들었고 소년의 엄마도
들었고 캐셔 명희도 들었다. 명희는
두드러기가 있으면 피부과에 가셔야지 저렇게
큰소리로 혼잣말을 하면 어쩌나 생각하며
미간을 찌푸리다가 결국 계산대를 비우고
C라인 쪽으로 걸어갔다. 그때 육 사장은 정육
코너에 멍하니 서서 노인 쪽을 바라보고
있었지만 여전히 멍한 채였기 때문에 노인의
말과 행동이 무엇을 의미하는지까지는
해석하지 못했다. 보기는 보는데 그게 무언지
파악하지 못하는 이런 것도 우울증 증상 중

하나라는 것을 육 사장은 몰랐다.

명희가 C라인 통로로 들어갔을 때
노인은 품속에서 칼을 꺼내 든 채 서 있었다.
노인은 혼잣말을 하는 것 같은데도 목소리가
조금씩 높아지더니 치국이, 치국이, 박치국이,
어디 갔어. 그렇게 중얼거릴 때는 더 이상
중얼거리는 것이라고 할 수 없을 정도였는데
낮게 억눌린 노인의 목소리에는 듣는 이의
가슴을 울리는 무엇이 서려 있었다. 노인은
급기야 과도를 들어 허공을 향해 휘젓기까지
했는데 노인의 눈에만 보이는 무언가가 거기
떠 있기라도 한 것이 틀림없었다.

육 사장은 그제야 노인을 발견했다.
발견했으므로 저 손님 뭔가 이상하다는 것을
알아챘는데도 멀뚱히 바라만 보고 있었다.
노인이 뭐라 뭐라 말을 하고 있다는 것만
이해했을 뿐 뭐라는 것인지는 듣지 못했다. 육

사장은 가는귀가 먹은 데다 백내장이 있었기 때문에 사물이 살짝 뿌옇게 보였다. 본인은 정작 그것이 백내장인 줄 모르고 원래 세상이 좀 흐릿한 거야. 좀 흐릿하게 보이는 게 원래 세상의 본모습이지. 그렇게 생각하고는 그런 것을 이해하는 자신이 대견하게 느껴지기까지 했다. 눈을 더 가늘게 뜨면 노인의 일그러진 얼굴이 보일 법도 했지만 육 사장은 단지 어리둥절한 표정으로 시선을 그쪽에 두고 있을 뿐이었다.

육 사장과 달리 명희는 알았다. 노인은 치국이 치국이 박치국이 어디 갔어, 하고 낮게 으르렁거렸는데 치국이란 마트에서 배달 일을 하는 치국 씨를 지칭하는 게 틀림없었다. 성은 박씨인데 사람들이 자꾸 김씨 성을 붙여 부르는 통에 상처를 많이 받았다고, 어려서부터 그렇게 놀림을 많이 받아 이골이

난 탓에 이제는 일부러 자기가 먼저 제 이름을

갖고 농담을 한다고 입버릇처럼 말하는

사람이었다. 치국이라는 이름이 사실은 좋은

이름인데 왜냐하면 '수신제가치국평천하'에서

따온 '치국'이거든요. 내가 김씨가 아니라

박씨인 것은 말하자면 신의 한 수인 것이죠.

김씨였어 봐요 그게 좀 거시기하고 그렇지

않겠어요 하하. 그렇게 말하는 치국 씨는

60대 후반으로 명희보다 나이가 한참

많은데도 꼬박꼬박 존댓말을 했다. 명희에게

가끔 인생이 허망하다고 칭얼댈 때를 빼면

성실하고 순박한 사람이었지만 칭얼대는 게

좀 넘칠 때가 있었기 때문에 명희는 그를 기피

대상으로 찍어놓고 있었다. 마트 폐점 시간에

치국 씨가 또 인생이 외롭고 허무하다고

우는 표정을 지으면 명희는 단호하게 소리를

쳤다. 아니 인생이 허망하면 여기서 이러지

말고 집에 가서 소주 한잔 하고 물구나무를
서라니까요! 그러면 치국 씨는 눈을 동그렇게
뜨고 응? 물구나무요? 물구나무? 물구나무를
왜? 하고 웅얼거리며 어리둥절한 표정을 짓는
것이었다.

치국 씨는 지금 배달을 나가서 돌아오지
않았는데 저기 저렇게 좁은 데 혼자 서서
없는 사람을 찾으면 뭐 하나…… 명희는
그런 생각을 하며 C라인 입구에 서서 노인을
바라보았다. 노인은 저 앙증맞은 과도를 들고
치국 씨를 해치려는 모양이지. 하지만 치국
씨는 아직 마트에 돌아오지 않았고 이제 거의
돌아올 때가 다 되었고 돌아오기 전에 저
노인을 어떻게든 내쫓아야 하는데.

명희는 재빨리 계산대로 돌아가 경찰을
불러야 하나 생각했지만 경찰을 부르면 또
여러모로 뒤처리가 복잡해질 것을 알았다.

예전에도 마트 안에서 담배를 피우고 시비를
거는 손님이 있어 경찰을 불렀더니 이런저런
조사가 필요하다고 외려 신고자인 명희를
자꾸 경찰서에 나오라고 했지. 나이 지긋한
경찰 아저씨가 명희에게 흑심이 있는 거라고
누가 농담을 했지만 똑같은 농담을 육 사장이
하니까 하나도 재미가 없어 면박이나 주고
말았었다.

　노인의 앞쪽으로는 멀찍이 떨어진 곳에
중년 여자 손님이 바스켓을 손에 든 채
물건을 고르고 있었고 노인의 등 뒤쪽으로는
키 작은 여자 손님이 어쩐지 멍한 자세로
서 있었다. 노인은 키 작은 여자와 중년
여자 사이에 서서 치국이 치국이 박치국이,
이 새끼…… 하고 으르렁거렸는데 내가
온몸이 가려워, 가려워 죽겠다, 피부가 다
벗겨질 것 같다 이놈아! 하고 중얼거릴 때는

목소리가 조금씩 높아졌고 급기야 치국이
치국이 박치국이 어디 있어 이 새끼야. 하고
한껏 억눌린 목소리로 외칠 때는 리듬까지
타고 있었다. 노래를 부르듯이 사람 이름을
불렀지만 확실히 외친다고 해도 좋을 정도의
데시벨이었다. 노인은 과도를 제 머리 위로
들어 올리고는 상반신을 부르르 떨기까지
했는데 그 순간,

환희는 노인의 머리 위에서 어지럽게
춤추던 문장들이 순식간에 뒤엉켜 알 수
없는 기호로 변하는 모양을 바라보았다.
소년은 노인의 몸속 심장에서 흘러나온
피가 급격하게 느려지는 모습을 바라보았다.
노인은 자신의 귀에서 또 이상한 목소리가
울린다는 것을 알아챘는데, 그 목소리는
치국의 목소리도 아니고 아내의 목소리도
아니고 어딘지 알 수 없는 곳에서 들리는

흐릿하고 여린 목소리였다. 그 목소리는
가만히…… 가만히 있어요 할아버지……라고
작게 웅얼거리는 목소리였다. 그것이 소년의
목소리라는 것을 노인은 허공을 향해 과도를
들어 올린 채 정지한 자세로 깨달았다.

　이 모든 일은 단 10초 만에 벌어졌으므로
마트 안의 사람들은 아직 무슨 일이 일어난
것인지 무슨 일이 일어날 것인지 뭘 어떻게
해야 하는지 알 수 없었으므로 이 모든
일이 곧 종결되리라는 것을 이해한 이는
소년뿐이었다. 그리고 모든 일을 이해한
소년이 그곳에 서 있다는 것을 아는 사람은
노인뿐이었다. 노인은 손을 허공으로 향한 채
갑자기 얼음이 된 듯 움직이지 않았고 소년은
슬픈 눈으로 가만히 그런 노인을 바라보았다.

　노인을 바라보았다고 했지만 실제로
소년이 노인을 바라본 것은 아니었다. 소년이

바라본 것은 노인이라기보다는 노인을
구성하는 물질들이었다. 노인의 피부와
피하지방과 뼈와 근육과 혈관 속을 흐르는
피였다. 피는 심장에서 흘러나와 온몸을 돌아
목의 혈관을 타고 올라가 노인의 뇌 쪽으로
흘러들어 흐르다가 서서히 멈추고 있었다.
심장을 둘러싼 관상동맥에 흐르던 피도
서서히 멈추고 있었다. 노인의 심장은 점점
움직임이 느려졌는데,

물론 소년이 관상동맥 같은 단어를 아는
것은 아니었으니 단지 노인의 심장 주위에서
일어나는 일을 물끄러미 바라볼 따름이었다.
소년에게 그것은 아주 조용하고 자연스러운
과정처럼 보였으므로 바람이 불고 비가
내리고 어둠이 스미고 겨울이 오는 것과
비슷한 느낌을 주었다.

노인은 과도를 떨어뜨리고 제 가슴을

부여잡았다. 커다란 몸이 슬로비디오 속의 이미지처럼 천천히 무너지기 시작했다. 그가 무릎을 꿇고 가슴을 부여잡고 바닥에 손을 짚었을 때는 아, 저 사람 정신을 놓았구나 하는 것을 모두가 알았다. 소년도 소년의 엄마도 육 사장도 환희도 명희도 그것을 알았다.

환희는 노인에게 달려갔다. 자해를 시도하면 소리를 지르든지 샴푸 린스 통을 던지든지 해서 멈추게 할 요량이었는데 노인이 과도를 떨어뜨리고 제풀에 맥없이 주저앉아버린 것이다. 저 노인이 지금 앉고 싶어서 앉은 것이 아니라는 것을 환희는 직감으로 알았다. 몸속을 미친 듯이 흐르던 에너지가 갑자기 끊어지고 온몸의 기관들이 전기가 나간 듯이 일제히 기능을 멈춘 것 같았다. 노인이 떨어뜨린 과도는 생활용품

매대 아래로 사라져버렸고 노인의 머리 위에는 해독이 불가능한 수많은 글자들이 미친 듯이 뒤엉키기 시작했다.

환희는 노인에게 달려들어 그의 몸을 붙잡는 동시에 119 불러주세요! 하고 소리쳤다. 소년의 엄마는 아니 저 할아버지 왜 저래! 하고 소리를 치는 동시에 휴대전화를 꺼내 급하게 119를 눌렀다. 멍하니 이 모든 것을 바라보던 육 사장도 정신을 차리고 육사시미 칼을 손에 든 채 C라인 쪽으로 달려갔지만 육 사장보다 먼저 도착한 것은 명희였다. 명희는 노인을 바닥에 눕힌 후 야전 상의의 앞섶을 풀어헤쳤다. 환희는 명희를 도와 노인의 팔다리를 붙잡았고 소년의 엄마는 휴대전화로 초인할인마트의 위치를 알리느라 소리를 지르고 있었는데 그 순간, 엄마의 눈에 소년이 보였다. 갑자기 나타난

소년이 쓰러진 노인의 머리맡에 서서 엄마를
바라보고 있었다. 엄마의 얼굴을 차분하고
고요한 시선으로 바라보고 있었다. 엄마는
소년의 얼굴을 바라보며 오랜만이구나, 잘
지냈니, 하고 다정하게 말하고 싶었지만
지금은 그럴 상황이 아니어서 격렬한
안타까움을 느꼈다. 격렬한 안타까움을 느낀
채로 초인할인마트가 어디냐면요! 아니
거기가 아니고요! 하고 외쳤다.

　　명희는 암에 걸렸지만 간호조무사
자격증을 따려고 노력한 적이 있으므로
노인이 쓰러지자마자 본능적으로 해야 할
일을 알았다. 심장이 마비가 되면 뇌출혈
때문이든 부정맥 때문이든 협심증 때문이든
골든타임이 지나면 회복이 불가능하다는
것을 명희는 알았다. 이 경우에는 일단 심장을
되살리는 것이 중요하므로 119가 도착할

때까지 호흡을 제자리로 돌려놓아야 한다.
명희는 노인의 가슴팍에 두 손을 모아 얹은
뒤 허리를 세우고는 있는 힘껏 충격을 가했다.
심정지보다는 차라리 갈비뼈가 부러지는 편이
낫다. 명희는 그런 심정으로 두 손을 그러모아
노인의 가슴에 충격을 가했고 환희는
안타까운 표정으로 노인의 다리를 주물렀으며
육 사장은 어디서 사이렌 소리가 들리자
황급히 초인할인마트 앞으로 달려 나갔다.
그때 마트 쪽으로 다가온 것은 구급차가
아니라 치국 씨가 모는 소형 승합차였는데
치국 씨는 어쩐지 오늘 하루 종일 슬픈
기분에서 헤어나오지 못하고 있었다. 치국
씨의 승합차에는 초인할인마트라고 쓰여
있었고 구급차는 사이렌을 울리며 모퉁이를
급하게 돌아 초인할인마트를 향해 달려왔고
세상의 모든 일을 한꺼번에 이해한 소년은

노인의 심장이 희박하게 다시 뛰는 것을
물끄러미 바라보았다.

작가의 말

1

누구에게나 초능력이 있다.

그렇다고 생각한다.

초능력을 지니는 것이

좋은 일인지 나쁜 일인지는 모르겠지만.

2

이 소설의 초고는 2024년 여름에 쓰였다.

대개 그렇듯이 초고는 마음에 들지
않았고

곧바로 창고로 들어갔으며

잊혔다.

3

위픽의 마감일은 2024년 12월 초였다.

11월에 소설을 다시 꺼내 수정 작업을
시작했다.

12월 3일에 계엄이 선포되었고 무장
군인들이 국회와 선관위에 난입했다.

'암약' '처단' 같은 어이없는 단어들이
들어간 포고령은 여섯 시간 만에
해제되었으나

계엄령의 밤은 금방 끝나지 않았다.

주말에 여의도에 다녀온 뒤

수정 작업을 계속했다.

현실이 허구 같고

소설이

소설 같지 않았다.

4

그렇다.

현실은 늘 픽션을 초과한다.

상상할 수 없는 일은 늘 소설이 아니라

현실에서 일어난다.

픽션은 언제나 상상할 수 있는 것만을

상상하지만

현실은 늘

상상할 수 없는 방식으로

우리를 습격한다.

갑작스럽고

징그럽고

끔찍한 방식으로.

5

희망은 조금씩

과장되어도 좋다.

그렇다고 생각한다.

초인은 오늘 마트에서 지나치는

수많은 사람들일지도 모른다.

저 사람일지도 모르고

이 사람일지도 모르고

당신일지도 모르고

우리 모두일지도 모른다.

계엄령의 밤은

끝날 것이다.

종료될 것이다.

사람이

사람을 살리는 한에는.

2025년 1월

이장욱

이장욱 작가 인터뷰

Q. 《초인의 세계》는 평범한 마트라는 공간을 배경으로 다양한 초능력을 가진 인물들이 얽히며 이야기가 펼쳐집니다. 마트는 소비와 일상이 교차하는 공간이지만, 이 소설에서는 단순한 배경을 넘어, 갈등과 연대, 초월의 공간으로 기능합니다. 마트를 주요 배경으로 선택하게 된 특별한 이유가 있으신가요?

A. 특별한 이유가 없다는 점이 아마 이유일지도 모르겠습니다. 마트처럼 일상적이고 평범한 공간을 배경으로 써보고 싶었어요. 누구나 알고 있고 누구나 익숙하다고 생각하는 공간. 우리 삶은 대개 그런 곳에서 흘러가니까요.

Q. 주인공인 캐셔 '명희'는 암 투병 중에도 가족을 부양하며 고된 삶을 이어갑니다. 그런 명희는 물건을 투시하는 능력을 가지고 있는데요, 초능력과 투병이라는 설정을 통해 독자들에게 어떤 이야기를 전달하고 싶으셨을까요?

A. 그걸 초능력이라고 할 수 있을지는 모르겠지만, 누구나 삶의 피로와 곤란 속에서도 자신만의 능력을 갖고 있다고 생각해요. 자신도 모르게 유독 발달되는 감각이 있을 테니까요. 가령 누구는 회사를 오래 다녀서 정해진 시간에 정확하게 깨어나는 능력이 있을지도 모르고, 누구는 회사 같은 걸 안 다녀서 멍 때리는 능력이 발달했을지도 모르고, 누구는 집사 일을 오래 해서 동물의 기분을 정확하게 포착하는

능력을 갖고 있을 수도 있겠죠. 명희의

능력도 오랫동안 캐셔 일을 하면서 발달한

감각이라고 생각해요.

Q. 타인의 상상을 읽는 시인 '환희'는 독특한 캐릭터입니다. 환희가 가진 능력은 현대사회에서 상상력이나 공감 능력의 중요성을 반영하고 있는 듯합니다. 시인이라는 점에서 작가님을 연상시키기도 하고요. 작가님께서도 타인의 상상을 잘 읽어내는 편이신가요?

A. 시인은 아무래도 자신의 상상 속에 사는 경우가 많은 듯해요. 타인의 상상에 관심이 많은 것은 오히려 소설가가 아닌가 싶고요. 제 안에는 그 둘이 공존하는 편인데, 아쉽게도 저에게는 타인의 상상을 읽는 능력이…… 없는 것 같아요. 단적으로 말해서, 그냥 잘 모르겠어요. 사람은 다 비슷하고 거기서 거기인 것 같은데도, 실은 단 한 부분도 완전히 동일한 부분이 없잖아요.

이게 삶이 가진 신비이자 축복이자 때로는 비극이죠. 상상도 그래요. 다 뻔해 보이고 다 읽을 수 있을 것 같으면서도 전혀 예측할 수 없다고 느껴질 때가 많아요.

Q. "하지만 암에 걸린 마당에 이런 게 다무슨 소용인가. 시간이란 미친 듯이 흘러갈뿐인데 미친 듯이 흘러가다가 스르르 멈출뿐인데 그것으로 끝일 뿐인데."(34쪽) '명희'는이렇게 생각하면서도 평범한 일상을 이어가며자신이 남길 수 있는 것에 대해 고민합니다.'소년'의 영혼은 사고로 인해 생과 사의경계를 넘나들며, 엄마와의 끈을 놓지 않으려합니다. 작가님에게 '죽음'은 무엇인가요?

A. 죽음은 죽음에 대한 질문 자체를무의미하게 만듭니다. 죽음의 편에서 보면어떤 것도 의미가 없으니까요. 심지어 죽음자체까지도요. 철학이 닿지 않는 지점이죠.그게 죽음만이 가진 힘이라고 생각해요. 어느순간 문득 사물 세계의 일부로 편입되는것이니 당연합니다.

죽음에 대한 질문이 의미 있는 것은 삶의 편에서 볼 때인 듯해요. 반대편에 삶을 데려다놓을 때만 죽음은 의미를 생산하잖아요. 그러니까 우리가 생각하는 죽음은 늘 삶을 위한 죽음이라고도 할 수 있습니다. '유령'이나 '귀신'이 바로 그런 것을 표상하는 존재들이고요.

누구나 자신만의 허무주의를 갖고 있지만 동시에 그 허무주의를 넘어서는 이상한 에너지에 시달리잖아요. 그걸 삶이라고 부를 수도 있을 것 같습니다. 아직은 살아 있기 때문에 이 둘의 갈등과 대립과 싸움이 생긴다고도 할 수 있겠죠.

Q. '육 사장'은 마트 이름을 통해
아내와의 추억을 간직하며 과거와 현재를
이어갑니다. 작가님께서도 과거와 현재를
연결하는 중요한 기억이나 상징적인 이름을
간직하고 계신가요?

　　A. 애도라는 게 그렇지 않은가 싶어요.
이름을 만들고 상징화시키고 추모 공간을
만들고 박물관을 만들고…… 그 자체가
삶을 위한 활동이기도 하지요. 우울증이나
멜랑콜리는 애도가 실패한 상태라고들
하는데, 프로이트의 생각과는 다르게
저한테는 이게 구분이 잘 안 되더라고요.
뒤섞여 있는 것 같아요. 육 사장은
초인할인마트라는 애도의 공간에서조차
우울증을 겪고 있고요.
　　개인적으로 저한테는 어머니가 그런

존재였어요. 돌아가신 지 20년이 넘었지만
어쩐지 그 이전과 이후로 삶이 나뉘는 느낌이
있어요. 이건 그립다거나 하는 것과는 차원이
다릅니다만.

Q. 《초인의 세계》는 평범한 일상 속에 초월적이고 비범한 요소를 녹여내는 독특한 서사가 돋보입니다. 특히 초능력이 현실적 고통과 긴밀히 연결되어 있는 방식이 매우 흥미로운데, 이를 어떻게 구상하셨는지 궁금합니다.

A. 초능력 모티프는 일종의 장르 코드잖아요. 장르 코드 측면을 더 적극적으로 활용해서 쓰면 어떨까 생각하기도 했어요. 인물들의 초능력이 하나로 모여서 스펙터클을 보여주거나 서로 싸우고 경합하는 스토리텔링도 가능하고요. 하지만 그렇게 되면 판타지 서사 쪽으로 가게 되고, 그러면 이 소설의 애초 의도와는 멀어질 것 같았어요. 이 소설의 몫이 아닌 것이죠. 말씀하신 것처럼 저에게는 현실의 맥락과 현실의 고통 속으로

들어가는 게 더 중요했는지도 모르겠어요.

장편소설이나 연작소설이 되면 좋을 텐데,

그걸 못 한 게 아쉽긴 합니다.

Q. 소설 속 인물들은 각자 외로움과 상처를 안고 살아가며 서로를 통해 변화합니다. 현대사회의 인간관계에서 점점 소외되고 있다고 느끼며 회복이 필요한 독자들에게 소설을 통해 어떤 메시지를 전달하고 싶으셨나요?

A. 특별히 전달하고 싶은 메시지가 따로 있었던 건 아니에요. 작가가 좋은 메시지를 전달하는 것도 의미가 있긴 하겠지만, 21세기에 그게 특별히 유효한지는 모르겠어요. 그래도 굳이 덧붙이자면, 혐오의 감정을 조금씩이라도 줄이면서 살아보자는 생각 정도는 있었어요. 인간과 사회는 갑자기 무슨 천지개벽으로 바뀌는 게 아니잖아요. 조금씩 개선하면서 나아갈 수밖에 없다고 생각합니다. 갈등과 혐오와 대립의 감정은

옛날에는 그 자체로 사회적 진보의 동력이자
결과물일 수 있었지만, 지금 시점에서는
모종의 특이점을 넘고 있는 것으로 느껴져요.
정말 순수하게 부정적으로 느껴질 때가
있으니까요.

Q. "풀 인간. 풀로 엮어 만든 인간. 풀처럼 연약하지만 또 풀처럼 강인한 인간. 풀처럼 누웠다가 풀처럼 일어서는…… 초인. 그래. 슈퍼맨보다 낫네."(58쪽) 김수영의 시 〈풀〉이 연상되는 문장인데요, 인간의 연약함과 강인함을 동시에 표현하면서 삶의 복잡성과 회복력을 상징적으로 드러냅니다. 또한 고통 속에서도 계속되는 삶, 고통을 이겨내는 과정에서 특별한 존재가 되는 인간의 초월적 힘을 보여준다는 점에서 니체의 '초인'을 떠올리게 되는데요, '초인'이라는 설정은 선택하신 이유가 궁금합니다.

A. 니체의 '초인'은 말 그대로 슈퍼맨이고 그레이트맨이죠. 자신의 의미를 스스로 구성하고 세계의 의지와 힘을 스스로 행사하는 존재입니다. '신' 같은 외부의 진리에

의지하지 않고 속물적인 기성의 가치에도 종속되지 않고요. 매력적이죠.

그런데 니체의 글을 잘 뜯어보면 '초인'이라는 게 꽤나 엘리트주의적이고 마초적인 존재예요. 오늘날의 관점에서 보면 이런 엘리트주의적이고 마초적인 거품을 제거해주는 게 니체나 '초인'을 위해서도 좋을 것 같습니다. 할인마트의 초인들이 대안이 될 수 있을까요. 대안은 아니더라도 사소한 '교량' 정도는 될 수 있지 않을까 생각합니다.

Q. "익숙하다는 것 반복된다는 것 몸에 밴 것은 늘 이렇게 사람을 지배하지."(17쪽) 명희는 매일 알람이 울리기 딱 5분 전에 깨어납니다. "습관이란 그런 것이 아닌가. 삶이란 그런 것이 아닌가. 몸에 들러붙어 떨어지지 않는 것. 거머리 같은 것. 집요한 것."(22쪽) 작가님께서도 자신을 지배하고 있다고 느끼는 습관이 있다면 말씀 부탁드립니다.

A. 습관이라는 단어보다는 루틴이라는 단어를 좋아해요. 루틴을 어떻게 만들 것인가. 이게 사람을 지배하고 만들어가잖아요. 저는 기질이 꽤 게으른 편이어서 일상 속에서 뭘 새로 시도하거나 움직이는 걸 별로 안 좋아하는데, 글쓰기에 대해서만은 좀 예외라고 느껴요. 글쓰기 루틴 속에

들어가 있을 때 안정감을 느끼기도 하고요.
굳이 습관이라고 할 만한 걸 꼽자면, 메모
습관? 뭐든 메모를 해두지 않으면 불안하게
느껴지는데, 아마 작가들은 다 비슷하지
않을까 생각합니다.

Q. 작가님 인생에서 만나셨던 '초인'이 있다면 누구였나요? 또한 작가님이 갖고 계신, 혹은 갖고 싶은 초능력이 있다면 어떤 것인지 궁금합니다.

A. 글쎄요. 저한테 '초인'은 특정한 개인은 아니었던 것 같아요. 요즘도 주위를 둘러보면 다들 '초인'으로 보일 때가 있으니까요. 내가 생각하지 못한 것, 내가 행동으로 옮기지 못한 것, 그런 것들을 생각하고 행하는 사람들을 자주 봅니다. 그런 의미에서는 다들 저한테는 '초인'인 것 같아요.

그리고 제가 갖고 싶은 초능력은……
너무 많은데 뭘 골라야 할까요. 염력이라든가
예지력이라든가 순간이동이라든가
투명인간이라든가 그런 것도 좋겠지만,
현실적으로는…… 소멸의 고통을 담담하게

받아들이는 능력? 이건 대단히 매력적인 능력 같습니다.

한 조각의 문학, 위픽 (wefic)

연여름 《2학기 한정 도서부》
서미애 《나의 여자 친구》
김원영 《우리의 클라이밍》
정지돈 《현대적이라고 말할 수 없는 죽음들》
이서수 《첫사랑이 언니에게 남긴 것》
이경희 《매듭 정리》
송경아 《무지개나래 반려동물 납골당》
현호정 《삼색도》
김 현 《고유한 형태》
이민진 《무칭》
김이환 《더 나은 인간》
안 담 《소녀는 따로 자란다》
조현아 《밥줄광대놀음》
김효인 《새로고침》
전혜진 《고르디우스의 매듭을 자르면》
김청귤 《제습기 다이어트》
최의택 《논터널링》
김유담 《스페이스 M》
전삼혜 《나름에게 가는 길》
최진영 《오로라》
이혁진 《단단하고 녹슬지 않는》
강화길 《영희와 제임스》
이문영 《루카스》
현찬양 《인현왕후의 회빙환을 위하여》
차현지 《다다른 날들》
김성중 《두더지 인간》
김서해 《라비우와 링과》
임선우 《0000》
듀 나 《바리》
한유리 《불멸의 인절미》
한정현 《사랑과 연합 0장》
위수정 《칠면조가 숨어 있어》
천희란 《작가의 말》
정보라 《창문》
이주란 《그때는》
김보영 《헤픈 것이다》
이주혜 《중국 앵무새가 있는 방》